The Angel of Memory

El ángel de la memoria

Some other works by Marjorie Agosín

Poetry

Women of Smoke

Hogueras/Bonfires

Toward the Splendid City

Circles of Madness: Mothers of the Plaza de Mayo

Rain in the Desert

Prose:

Happiness

The Alphabet in My Hands: A Writing Life

A Cross and a Star: Memoirs of a Jewish Girl in Chile

Edited:

*Tapestries of Hope, Threads of Love: The Arpillera
Movement in Chile, 1974-1994*

Another Desert: Jewish Poetry of New Mexico

*The House of Memory: Jewish Stories
for Jewish Women of Latin America*

A Map of Hope: Women Writers and Human Rights

The Angel of Memory

El ángel de la memoria

Marjorie Agosín

translated by
Brigid A. Milligan
and
Laura Rocha Nakazawa

Prologue by
Elizabeth Horan

San Antonio, Texas
2001

The Angel of Memory / El ángela de la memoria © 2001
by Marjorie Agosín
Translation © 2001 by Wings Press for Marjorie Agosín,
Laura Rocha Nakazawa and Brigid A. Milligan

Cover illustration, "Hermanas" © 2000 by
Liliana Wilson-Grez

First Edition

ISBN: 0-930324-75-7 (paperback)
ISBN: 0-930324-81-1 (limited edition)

Wings Press
627 E. Guenther
San Antonio, Texas 78210
Phone/fax: (210) 271-7805

On-line catalogue and ordering:
www.wingspress.com

Library of Congress Cataloging-in-Publication data:

Agosín, Marjorie,
        The Angel of Memory / Marjorie Agosín
        p.   cm.
        ISBN: 0-930324-75-7 (paperback edtion)
(non acidic paper)
        1. Latina women – poetry. 2. Jews – Holocaust.
3. Biography – Broder, Helena. 3. Travel – Austria, Chile
2001

Contents

José / Joseph

Dedicated to the memory of

my great-grandmother

Helena Broder

and to all the angels of memory

Prologue

Memory Matters: Marjorie Agosin's Angel of Memory

Between age and youth, old and new worlds, realms of life and death, hope and uncertainty, appears the intermediary Angel. Formerly a divine messenger, she is now a modern refugee, distanced from the lands, families, and languages of childhood and youth. Here is the text that her Spanish-speaking great-granddaughter writes: a book more visionary than spoken, a poetic reconstruction drawn from the traveler's backwards glance. This vision of return brings us to the almost vanished world of German-speaking Jews, a world that the poet's great-grandmother, Helena Broder, left in 1939, for Chile. Following that journey, the writer traces multiple thresholds. In Exodus, the angel leads a pillar of fire.

Memory is a place, an interface between the demands of the environment and pressures on the human system. The poet knows the precarious proximity of forgetting: she describes memory as a burning flame, moving across thresholds. Retelling this odyssey, memory becomes a loosely-woven, never-finished diaphanous shroud, a function of the incompletely observable. Memory is a chrysalis, a madness, writes the poet.

As Dream, memory reinvents itself through the poetic device of the catalogue. Immersed in memory the poet spins an inventory of loss, recovering and restoring party dresses, hats, books and cousins. Working from recall, she writes to recover the world on the brink of the Central European Holocaust. Recall is a screen. Behind it are numerous potential, inactivated memories, brought to the surface by prompts, procedural cues, that is, routines of photographs and menorahs, bracelets and featherbeds. The address book recalls its owner—spied on, hunted. Spilling from suitcases, emblems of interrupted girlhood: petticoats, fog-colored blouses, a gold star. Cues for recall gesture us towards the trembling well which marks the gap between what can and cannot be observed.

Memory leads to addresses, locations. From bridges in Prague and cabs in Vienna to walking the boulevards of Santiago, the poet is guided by fragile Memory, following Helena Broder. With her we walk out from the house, destiny unknown. Memory proposes to the

writer another house, balconies blazing, filled to bursting with a rad-
ically scattered family, here gathered under one roof, collapsing tem-
poral and geographical space. This is more than the history of an
emigrant who seeks mere survival. As Helena Broder disembarks in
the "undulating port" of Valparaíso, Chile, so do we stand at the
nethermost end of the earth, facing a new time and context, looking
up to the strange stars of the southern sky. Our viability, like hers,
depends on the integrity of a whole causal chain. In tracing that
chain backwards we find that we are all exiles facing the future, rely-
ing on uncertain memory with respect to the past. Mundane details
reveal the crucial, miniscule spaces of refuge in women's lives.
Helena Broder, a widow for thirty years, shared a room with her
granddaughter until that granddaughter, the writer's mother, married. Helena Broder lived twenty-six years in Chile, refusing to speak
Spanish. Her children and their children offer alternative emigra-
tions: the hope for better lives.

In this, as in all travel writing, two questions matter: how did
you get there and what are you doing there? The writer notes the
Turkish cab driver, reminding us of Asia's proximity to Central
Europe and of ongoing diasporas. She names the locations, the doors
to the Jewish cemeteries of Vienna and Prague, thus telling us how to
renact her journey into past diasporas. Having entered these named
doors, in Vienna's cemetery she offers a glimpse of the mother's face,
a luminous vision of the tree. In another cemetery, across the river
of the dead, the writer encounters silence, darkness, no response. In
all cases the visitor leaves stones in memory of the dead and in hope
of return.

Time and Context matter to journeys in memory. Time for the
demands of the environment: for Helena Broder, as for so many,
1939 is the dividing line. Context for journeys from Vienna to Prague,
or the train to Hamburg, or the ghost trains to the forced labor and
death camps. The uniformity of the train system made possible the
mass destruction of World War II, its large-scale transport of troops,
armaments, prisoners. The ship offers a wilder promise of escape.
Leaping towards land, land called out in the language of Spanish
adventurers, Jews: "Santo Domingo, Hispaniola, Colón and Juan de
Torres." We travel from 2000, to 1939, to 1492.

Agosín's odyssey, which begins as a child's growing-up tale,
comes to many endings. One would leave us in a world where the
identity of older women can be taken for granted ("We never worried

who you were"). In that world, the male hero's destiny may be unknown even as it is framed, as is this one, by the poetics of enumerated loss: the six million Jews and five and a half million non-Jews who died in the Holocaust. Still another ending arises from the domestic intimacy we are promised, once the test of faithfulness is successfully passed. So does the poet remind us in "Torah," conflating the language of mysticism and sexual experience. "Aroused I blush before / the mutual presence. / You are the bride of the Sabbath." "Passover in Chile" epitomizes happy, ambiguous closure, deliciously receiving the stranger, the foreigner.

Marjorie Agosin's poetry gives us, as ever, a sensuous knowledge of the intertwined destinies of Europe and the Americas. A silent partner in conversations, she receives confidences and probes little-explored corners of Latin American Jewish experience. Enacting ever-widening circles of intimacy and longing, she invites us into an outwardly simple, inwardly majestic house. Here is a story "smooth and fierce," in "memory ambiguous, exquisite in its procession of secrets."

– Elizabeth Horan

The Angel of Memory

El ángel de la memoria

El ángel de la memoria: Helena Broder

*Por la noche son
tan sólo tus pasos,
memorias sagradas
de otros tiempos.*

*Y eran los días
como una fragancia,
la claridad del otoño,
un ruido de pasos
sobre el viento.*

P or las noches del hemisferio sur, su cuerpo se extendía como un
balcón sonriente. Me parecía que se mecía al ritmo de aquel
viento que entumecía la luminosidad de los días. Era un viento agra-
ciado y claro como si fuera un mensajero de los ángeles. Tú vivías así,
asomada entre los balcones, columpiando tus manos sobre la luz,
aguardando noticias de la guerra, de la Cruz Roja, del destino de los
muertos y de los vivos. Tal vez amabas los árboles y sus cúpulas fron-
dosas. Eras una reina mientras mirabas el césped de ámbar en nuestra casa de la esquina; esa casa de Simón Bolívar 4898 donde vivías
con tu hijo, Joseph, mi abuelo, y la abuela Josefina, cuyo verdadero
nombre era Hanna.

Yo jugaba con tu pelo al igual que las hojas y los pájaros. Parecía
que todos amaban tu pelo de cenizas claras, tu cabellera como una
porcelana oscurecida. Me gustaba peinarte formando una corona,
llenarte de pequeños collares y tu soñada pulsera de granates. Era
entonces, cuanto te veías como una dama de Viena, que me atrevía a
preguntarte por tu ciudad. ¿Cómo era tu ciudad Omamá Helena? ¿Por
dónde caminabas en los días de sol y fiesta? ¿Cuáles eran tus parques

The angel of memory: Helena Broder

At night,
only your steps,
sacred memory
of other times.

And the days
were like a fragrance,
autumn lightness,
a sound of steps
over the wind.

I *n the evenings,* in the Southern Hemisphere, her body expanded like a welcoming balcony that appeared, to me, to rock to the rhythm of the wind that numbed the luminosity of the days. It was a striking wind, a clear wind, like an angelic messenger. Thus you lived, peering over balconies, waving your hands in the light, awaiting news of the war, of the Red Cross, of the fate of the dead and the living. Perhaps you loved the trees with their arched boughs. You were a queen as you gazed at the amber grass at our house in the corner; that house on Simón Bolívar 4898 you shared with your son, my grandfather Joseph, and grandmother Josefina, whose true name was Hanna.

I played with your hair just as birds play with leaves. It seemed that everyone loved your hair of light ash, your locks like darkened porcelain. I loved to comb your hair into a delicate crown, to cover you with small necklaces and your treasured garnet bracelet. It was then, when you saw yourself again as a lady of Vienna, that I ventured to ask about your city. What was your city like, Omamá Helena? Where did you stroll on sunny, festive days? Which parks did you love? Did you ever visit Mozart's? Did you dream with its crystal fountains, your feet

favoritos? ¿Visitaste alguna vez el de Mozart? ¿Soñaste con sus fuentes
de cristal y tus pies fueron como agua y musgos entre las rosas de
Viena? Poco hablabas de aquella ciudad que amabas en secreto y de la
cual invocabas sus fragancias y la extensión de sus imperiales
avenidas. Me decías que era una ciudad noble y que a veces solías visitar los parques donde te imaginabas que un Káiser vulnerable y
humilde también viajaba anonadado ante la majestuosa constelación
de palacios y la perfecta simetría y el colorido de las rosas. Fue esa
perfección, esa manía por el orden y el silencio que llevó a esa nación
de austriacos a ser partícipes de los asesinatos del nazismo.

Nunca en casa hablaste de los años de la guerra. El mundo se
dividía entre el antes y el después. Pero de aquellos años he conser-
vado el más austero y elegante de los silencios. Tu memoria no es
frágil ni antigua. No te olvidas cuándo llegaron los decretos, las deten-
ciones, las órdenes de presentarse a los campos de trabajo forzado,
cuando encontraste a tu hijo de rodillas barriendo las calles de Viena
mientras los transeúntes se mofaban de él y le llamaban Cerdo Judío.

Fue aquella noche en el 39 que decidiste marcharte de Viena.
Antes del viaje fuiste a visitar a Isidoro Halpern, tu amado esposo
fallecido victoriosamente en 1932. Decía mi madre que para ir al
cementerio, te llevabas un pequeño banco de madera color caoba. Su
tumba estaba bajo un árbol amplio y feliz que se mecía al verte llegar.
Ahí te sentabas por minutos, por horas, por noches y por días que se
confundían y le murmurabas a Isidoro Halpern todos los secretos del
amor. Aquella tarde oscura de Viena, cuando el sol anonadado decidió
alejarse, te despediste de Isidoro y del árbol guardián.

En un barco de carga que salió de Hamburgo, navegaste por
Europa, sajada por las lluvias y las cenizas para llegar al alba a
América del Sur donde el Océano Pacífico era una franja color rosa
con sinuosas olas, como el cuerpo de una mujer enamorada. Cuando
divisaste la nueva tierra, lo primero que viste fueron los cerros de
Valparaíso. Llegaste al atardecer cuando las luces son pequeñas
luciérnagas danzarinas y las flores salvajes se doblan para darte la
bienvenida al ocaso de los sueños inexplorados.

like water and moss among the roses of Vienna?

You said little of the city that, secretly, you loved and whose fragrances and long imperial avenues you invoked. You used to tell me that it was a noble city, and that occasionally you visited its parks where you imagined that a Kaiser, vulnerable and humble, also strolled, equally dumbfounded, in front of the majestic constellation of palaces with their perfect symmetry and their colorful roses. It was that perfection, that obsession with order and silence that led a nation of Austrians to participate in the Nazi murders.

In Chile, you never spoke of the war years. The world was divided into before and after; however, from those years I have treasured your austere and elegant silences. Your memory has not grown fragile with age. You do not forget when the decrees, the detentions, the summons to go to the forced labor camps arrived, when you found your son on his knees sweeping the streets of Vienna while the passersby mocked him, calling him "Swine Jew."

It was that night in 1939 when you decided to leave Vienna. Before the trip you went to visit your beloved husband, Isidor Halpern, who had gone to his rest in 1932. My mother told me how you used to carry a small mahogany stool to the cemetery. His grave was under a wide, generous tree that swayed at your coming. There you sat for minutes, hours, nights and days that blended into each other, there you whispered to Isidor Halpern all the secrets of love. That dark Vienna evening, as the sun slid silently into the west, you bid farewell to both Isidor and the guardian tree.

Embarking at Hamburg, you sailed from Europe on a cargo ship slashed with rains and ashes, arriving in South America one dawn when the Pacific Ocean was a ribbon of sinuous, rose-colored waves like the body of a woman in love. The first thing you saw of this new land were the hills of Valparaíso. You came to them at dusk, when lights were dancing fireflies and the savage flowers bent to welcome you into a twilight of unexplored dreams.

You carried few possesions in your wicker trunk: a down coverlet and your white vessel for Passover. My mother remembers with precision the date of your arrival in Chile, in 1939. You arrived with your translucent tulle bonnet flowing in the wind. A delicate neckline insin-

Escasas pertenencias llevabas en tu canasta de paja: el edredón
de plumas y tu vasija blanca para Pascua. Mi madre recuerda con
certeza la fecha de tu llegada a Chile, en 1939. Llegaste con tu sombrero de tul traslúcido, flotando en las huellas del viento y un escote
delicado que dejaba ver la suavidad de tu cuello, aún lozano, tus
pechos delicados, tus candelabros de plata y esa pulsera de granate
que ha heredado el destino de todas nuestras migraciones y que ahora
yace tranquila en mis manos.

Conozco más de ti a través de las historias que mi madre com-
partía junto a ti con las plumas de Viena y los cubrecamas de ter-
ciopelo. Con el paso de los años no se diluye la memoria, todo lo contrario, es posible que se acentúe y es así como mi madre me cuenta
tantas cosas sobre ti que parece que de pronto entras por los cuartos,
con tus pisadas tranquilas y tu rostro de dama antigua y nos enseñas a
bailar. La posibilidad y los riesgos de la memoria me acercan a tu historia, a lo que mi madre recuerda de ti y elige contar. Mi memoria se
llena de pequeñas trenzas, papelitos dorados, servilletas recortadas
sobre mesas vacías donde anotabas direcciones y te imaginabas que
muy pronto la vida sería un gran encuentro victorioso.

Te dedico mis palabras y mis versos porque la poesía es el viento de Dios sobre las sílabas, porque la poesía es el regalo más certero
de nuestra supervivencia. He escrito este libro para ti, abuela Helena,
El ángel de la memoria, porque eres un ángel que habita en las
regiones más densas y las más claras del miedo y de la fe; porque tu
ser persiste dulce y enamorado del milagro de la vida y ocupa cada
una de estas páginas.

Para conocerte mejor, decidí ir a Viena con mi madre y recorrer junto a ella calles y arterias, rincones desmoronados por el olvido
memorable e inexistente. No sé si te encontré en todas partes, pero sí
me encontré a mí misma a través de tu historia.

Los años han revelado que la historia es un azar milagroso y que
los presagios de los vivos y de los muertos siguen su curso visible y
secreto. De tu familia nada hallaste pero viviste con la ilusión de que
aún vivían, de que era posible regresar a Praga o a Viena para encon-
trarlos. Durante los años en el paisaje americano te negaste a hablar
español. Decías que era el idioma para los aborígenes, pero sí te veían

uated the softness of your neck, still fresh, your delicate breasts, your silver candelabras and the garnet bracelet that has inherited the fate of all our migrations, and now rests peacefully in my hands.

I know more about you from the stories my mother would tell me when she was by your side—with your feathers from Vienna and your velvet bedspreads. As the years pass, memory does not become diluted; on the contrary, it may become stronger, and this is how my mother recalls so many things about you. You may appear suddenly in a room, with your tranquil steps and the face of a lady from another era – and you teach us to dance. The possibilities and risks of memory bring me closer to your history, to what my mother remembers of you and chooses to tell. My memory overflows with small braids, golden papers, cut-out napkins over cleared tables where addresses were copied down and you imagined that very soon life would become a glorious encounter.

I dedicate to you my words and my voice because poetry is God's breath over syllables, because poetry is the most certain gift of our survival. I have written this book, *The Angel of Memory*, for you grandmother Helena, because you are an angel who lives in the deepest and clearest regions of fear and faith, because your spirit prevails sweet and strong, in love with the miracle of life. It is present in each one of these pages.

To know you better I decided to go with my mother to Vienna and traverse its streets and arteries, to stand at corners crumbled by the memorable and nonexistent oblivion. I do not know if I found you everywhere, but I did find myself through your history.

The years have revealed that history is a miraculous chance and that the premonitions of the living and the dead continue with their movement, both visible and silent. You never found out anything about your family, but you lived with the illusion that they were still alive, that it was possible to return to Prague or Vienna and find them. All those years in an American landscape you refused to speak Spanish. You said it was the language of the local people, but the maids saw you smile and curse in Spanish. But the occasions when you cursed or raised your voice were rare, as you used to say that silence is golden. Why did you remain silent for so many years, grandmother? Why did you not speak of your sisters in Vienna, dressed in iron with reddish

sonreír las criadas y maldecir en español. Aunque eran raras las ocasiones en que maldecías o levantabas la voz porque decías que callar era oro. ¿Por qué callaste tantos años abuela? ¿Por qué no nos contaste de tus hermanas de Viena, vestidas de hierro y con trenzas rojizas que visitaban tus sueños? ¿Por qué no hablaste de aquellas hermanas de Praga que un día, mientras paseaban por el puente del Rey Carlos, se las llevaron mientras la luz del día anochecía atónita?

Todos tus silencios son la razón de mi esperanza, de mi búsqueda, de estas palabras que hoy yo te obsequio y les obsequio a los otros, a mis hijos y a sus hijos porque sobre todo, tú amabas las alianzas, las familias y la paz de las generaciones. Cuando yo tenía ocho años dejaste de ser en esta vida aunque tu espíritu y tu fragancia a lilas están aún conmigo al igual que tu fotografía que se aparece en los lugares más inverosímiles cuando creo haberla extraviado de todos. Dice mamá que aquella mañana cuando te fueron a dar el desayuno caíste en un sueño muy profundo, que tu rostro se iluminó y abandonaste la tierra.

De todos los días de mi infancia delirantemente feliz, recuerdo aquel día plasmado de un gran silencio. Cerraron los postigos del balcón, los pájaros desaparecieron, se cubrieron todos los espejos y el tocador quedó inmovilizado con tu cabello entre las escobillas que parecían adelgazarse y aclararse. Vino tu hijo, el aristócrata que antaño lavó las veredas de Viena con una escobilla, y se llevó tu abrigo de visón pero dejó, por suerte, la pulsera de granate que hoy llevo en mi brazo.

Transcurrieron años y fuimos como tú, parte de otras emigraciones y la historia decidió nuestra fe. Llegamos a América del Norte y como tú aprendimos a amar otra tierra, aprendimos otro idioma aunque por las noches soñábamos con la cordillera de los Andes y las inmensas avenidas de Santiago de Chile. Comprendí cómo tú debiste de haber añorado Viena, el color ocre de los edificios, la perfección de los modales, los sábados cuando te paseabas con tu libro de rezos por los parques llenos de rosa y nadie te decía que eras una judía sucia.

Tu memoria quedó entrelazada a la mía como un cabello de la infancia que aparece guardado entre las páginas de un libro amado. Estaba ahí, aguardando y esperando florecer. Fue entonces cuando

braids, who haunted your dreams? Why didn't you talk about those sisters from Prague who, one day, while strolling on the bridge of King Charles, were taken as the times grew dark and bewildered?

All your silences are the reason for my hope, for my search, for these words that today I offer to you and to others, to my children and their children because, above all, you loved alliances, families, and the peace of generations. When I was eight years old you left this life, even though your spirit and your scent of lilacs still remain with me, as does your photograph, which appears in the most unlikely places when I am convinced that I have lost it. My mother says that on that morning, when they went to give you your breakfast, you had fallen into a deep sleep, and that your face was full of light—and you left this earth.

Of all the days of my deleriously happy childhood, I remember that day, sealed in a great silence. They closed the shutters of the balcony and all the birds flew away; they covered all the mirrors, and your dresser remained untouched with your hair, that seemed to become thinner and lighter, still among the brushes. Your son, the aristocrat who in other times had swept the sidewalks of Vienna with a broom, came and took your mink coat but, luckily, left the garnet bracelet that I wear on my wrist to this day.

Years passed, and like you, we became a part of other migrations as history determined our fate. We arrived in North America and, like you, we learned to love another land; we learned another language even though at night we dreamt of Andean peaks and the vast avenues of Santiago, Chile. Now I understand how you must have longed for Vienna and its ochre-colored buildings, for the perfect manners of those Shabbats when you strolled with your prayer book by the parks full of roses and nobody called you dirty Jew.

Your memory remains entwined with mine like a lock of childhood hair that is guarded between the pages of a beloved book. It was there, waiting, hoping to bloom. Finally, I decided to summon you, to invoke your spirit and travel through your city. Perhaps the year 2000 really will conclude this century, inexplicable and luminous in its destruction and austere faith.

I wanted to return to you, to take possession of this city that is now both yours and mine, this city that expelled you so remorsely. We

decidí invocarte y llamar tu espíritu, viajar por tu ciudad. Tal vez este año 2000 finaliza un siglo inexplicable y luminoso en su destrucción y tenaz en su fe.

Quise regresar a ti, apoderarme de esa ciudad que es ahora tuya y mía, esa ciudad que sin remordimientos te expulsó pero a la cual yo regreso. Llegamos a Viena una tarde lúgubre de Octubre. El viento parecía adelgazar los edificios amarillos que tú me contabas ocupaban cuadras y cuadras. Observé la ciudad con la lejanía de tu mirada, a sabiendas que todo lo familiar sería un día cercano derribado como una baraja de naipes sin paz ni equilibrio. Me sorprendió ese silencio estremecedor de la ciudad como si el tráfico se moviese a un ritmo de fantasmas. Me sorprendieron el orden y la elegancia un tanto fatuos de mujeres y hombres vestidos de trajes negros. No pude más que sentir escalofríos ante mi presencia en tu ciudad, en la ciudad de mi bisabuela donde amó a tantos y se embarcó hacia Chile por amor.

Ahora estoy en tu ciudad y no te veo, como si tú también hubieras desaparecido con todos los demás judíos, con los seis millones de judíos y los cinco millones y medio de no judíos. Es incierta la historia. Me repito, vengo aquí a estar con Helena Broder y me aseguro que nada de esta ciudad le pertenece, que no hay regreso posible ni para los vivos ni para los muertos.

Aquella noche nos fue difícil conciliar el sueño. Mi madre dio vueltas por interminables horas en una pequeña cama con gigantescas almohadas de plumas. La suavidad de las plumas no logró ayudarle a reconciliar ni el sueño ni la historia. Yo la miraba y me sentía agradecida que ella estaba a mi lado, como cuando yo era pequeña y tenía miedo. Ahora las dos temíamos las inexplicables vicisitudes del siglo, pero estábamos conscientes de ser parte de un milagro o de un regalo.

Por la noche sudaba y el sueño me era imposible. Tan sólo logré dormirme muy de madrugada entre un sopor muy grande y una voz que me decía: "Soy Estefanía. ¿Por qué me has olvidado? Visiten el cementerio que allí estaré." La voz de Estefanía vino por medio de palabras. Es decir, las palabras escribieron el sueño en forma de una partitura de música que repetía ese mensaje con cadencias y ritmos certeros. Por la mañana le pregunté a mi madre "¿Quién es

arrived in Vienna on a dismal October evening. The wind seemed to narrow the yellow buildings that you told me once occupied countless blocks. I observed the city with the detachment of your gaze, knowing that everything familiar would one day be torn down like a house of cards without peace or equilibrium. I was surprised by the eerie silence that pervades the city, as if the traffic moved at a ghostly pace. I was surprised by the order and vain elegance of the women and men in their black suits. I could not help but shiver in your city, in the city of my great-grandmother where she loved so many and took a ship to Chile because of her love.

Now that I was in your city I didn't see you. It was as if you too had disappeared with all the others, the six million Jews and the five and a half million who were not Jewish. It is an uncertain history. I repeat that I came here to be with Helena Broder, to make certain that nothing in this city still belonged to her, that there is no possibility of return for either the living or the dead.

It was difficult to sleep that night. My mother tossed and turned for endless hours in that small bed with giant feather pillows. The softness of the feathers did not help her find peace, either in sleep or in history. I looked at her and was grateful that she was by my side, just as when I was child and afraid. Now we were both afraid of the inexplicable vicissitudes of this century, however conscious we were of being a part of a miracle or gift.

At night I perspired and sleep eluded me. I was only able to sleep in the very early hours of the morning, and in that heavy drowsiness, a voice told me: "I am Stefania. Why have you forgotten me? Go to the cemetery and I will be there." Stefania's voice came through words. That is, words wrote the dream in the form of a musical score that repeated the message with cadences and certain rhythms. That morning I asked my mother: "Who is Stefania?" Pale, she replied that recently a distant relative had written to her that the great-grandfather whose grave we intended to visit, Isidor Halpern, had a pianist sister named Stefania who died in Poland years before the war. I then realized that Omamá Helena was present, and that she had sent us a sign, a message. I was anxious to listen to that message and fill myself with those words. I started to feel as if I were living in her time; I went back

Estefanía?" Pálida me respondió que hace muy poco le había escrito una pariente lejana que el bisabuelo al que íbamos a visitar, Isidoro Halpern, tenía una hermana pianista llamada Estefanía que murió en Polonia años antes de la guerra. Supe entonces que Omamá Helena estaba presente y nos había enviado una señal, un mensaje. Yo estaba tan ansiosa por escuchar ese mensaje y llenarme de sus palabras que comencé a sentir que estaba viviendo en su tiempo, que retrocedía y que vería Viena por medio de su ojos.

Al día siguiente, el sol amaneció delirante y esplendoroso. El otoño nos recibía con su fragancia de musgos al comienzo de una sequedad redentora. La tierra tenía un dulce olor y dijo mi madre que era tu olor, que la ciudad olía a ti, Helena Broder, un olor de lilas y violetas y hojas frescas dormidas en el césped. Mamá y yo fuimos rumbo al cementerio general. La sección judía está entrando por la tercera puerta. Tuve una sensación de felicidad porque iba a visitar a mi bisabuelo y a dejarle jazmines y laureles, pero más que nada, tenía la certeza de que encontraría a alguien de la familia que en su tumba me hablaría de ti. Ese bisabuelo mío estaba más vivo que nunca y yo sentí el ritmo de su piel bajo la tierra que nos invitaba. De pronto entendí con certeza que aquellos muertos judíos en Europa antes de la guerra son la conexión más profunda a ese pasado nefasto.

Mamá y yo entramos al cementerio donde dos amables hombres mayores nos recibieron. Dijimos tu nombre y una eficaz computadora te encontró: Isidoro Halpern, muerto en 1932. Estabas en la línea trece, tumba 39. Mamá me dijo: "¿Qué sientes de ir a ver a tu bisabuelo?" Enmudecí. La emoción era vertiginosa. El habla me era cada vez más difícil. Un taxista turco, seguramente enviado por los dioses, nos dejó solas mientras él también buscaba la línea trece. Isidoro Halpern y los demás judíos que fallecieron más de setenta años atrás estaban en la parte posterior del cementerio, la parte más antigua y distante. Allí era posible sentir la presencia mansa del reposo y de la paz.

Mamá y yo nos tomamos de la mano. Fue un gesto mudo, una alianza más allá de madre e hija, una alianza entre migraciones y destinos, una alianza que considera la vida y la supervivencia como un obsequio. Pero tú, abuelo Isidoro no estabas. Reposamos nuestras

in time and saw Vienna through her eyes.

The following day, the sun came up delerious and resplendent. Autumn welcomed us with all the fragrance of moss at the beginning of a redeeming dry spell. The earth had a sweet smell that my mother said was your fragrance, that the city smelled of you, Helena Broder, a scent of lilacs and violets and fresh leaves asleep in the grass. Mother and I made our way toward the cemetery. The Jewish section is through the third door. I was joyous because I was going to visit my great-grandfather and leave him jasmine and laurels, but above all, I was certain that I would find someone from our family who would speak to me from the grave. My great-grandfather was more alive than ever and I could feel him moving beneath the earth, inviting us. Suddenly I understood completely that those European Jews who died before the war are our most profound connection to that nefarious past.

Mother and I entered the cemetery where two kindly old men welcomed us. We gave them your name, and an efficient computer located you: Isidor Halpern, deceased in 1932. You were in the thirteenth row, tomb 39. Mother asked: "How does it feel to be visiting your great-grandfather?" I had no words. Emotion overcame me. Speech was progressively difficult. A Turkish taxi-driver, surely sent by the gods, left us alone while he also searched for row thirteen. Isidor Halpern and all the other Jews who died more than seventy years ago were in the rear section of the cemetery, the oldest and most remote part. There, it was possible to feel the gentle presence of rest and peace.

Mother and I held hands. It was a mute gesture, an alliance beyond mother and daughter, an alliance between migrations and destinies, an alliance that considers life and survival as gifts. But you, grandfather Isidor, were not there. We rested our hands on other tombs with other names. The ivy covered the abandoned tombs like a fever. The names of those resting there were in shadows and oblivion. Nobody visited them, only a few remote relatives had left stones before their own bodies were charred in the forests of Austria, Germany, and Bohemia. I felt that all the Jews of Europe were resting on threadbare meadows where nobody watched over them, where nobody left stones to protect the warmth of their dreams.

Little by little we were losing hope of finding you. We did not want

manos sobre otras tumbas con otros nombres. La hiedra había creci-
do casi como una fiebre sobre las tumbas abandonadas. Los nombres
de aquellos que allí yacían estaban en la sombra y en el olvido. Nadie
los visitaba, tan sólo algunos parientes remotos que dejaron piedras
antes de que sus cuerpos fueran calcinados en los bosques de Austria,
de Alemania y Bohemia. Sentí que todos los judíos de
Europa estaban recostados sobre los prados raídos donde nadie vigila-
ba por ellos, donde nadie les dejaba piedras para amparar la tibieza de
sus sueños.

Poco a poco perdíamos la esperanza de encontrarte. No
queríamos abandonar la casa de la memoria ni las puertas de la fe, ni
la soledad ni el regocijo de estar frente a ti. Caminamos. La tierra
estaba fresca y húmeda y los pies se hundían en las hojas pobladas de
pisadas distantes. Un rayo de sol intenso cayó fulminante sobre el pelo
y el rostro de mi madre. Ella divirtió la mirada y en ese gesto de
mover la cabeza te vi, Isidoro Halpern. Vi las inscripciones de tu nombre en hebreo y alemán y supimos que el ángel de la vida había
cumplido nuestro pedido.

Esta historia Omamá mía no la invento. Pienso que fue un mensajero de Dios que iluminó el rostro de mamá que se volteó hacia tu
nombre y cuan importante era para nosotras rescatar tu nombre y
decir aquí yace Isidoro Halpern, un hombre noble y bueno, muerto
antes de la guerra. Mamá y yo nos abrazamos y vimos aquel árbol.
Unimos nuestras manos y reímos llenas de dicha y felicidad. Era tu
árbol, el que amparaba tus visitas, que te protegía del sol, la niebla y
la lluvia. Fue frente a ese mismo árbol que rezamos en silencio
agradecidas por este obsequio del sol y la luz y por el aliento de Dios.

Querida Omamá Helena, en alguna parte o en todas partes donde
tú te encuentres, hemos ido a Viena para traerte esta historia de la luz
de Dios sobre el rostro de mamá y el nombre de Isidoro Halpern.
Regresamos a Viena a finales de este milenio para encontrarnos y
encontrarte a ti. Desde la tierra agria y dulce comprendemos el destino de nuestras migraciones, comprendimos tu llegada al puerto de
Valparaíso, tus silencios y tus secretos. Pero aquí, Omamá Helena,
estamos a salvo porque no hemos rechazado el pasado, porque la
memoria tuya y la nuestra, la de mi madre y la mía son tan sólo un

to abandon the house of memory or the doors of faith, the solitude or delight of being in front of your house. We walked. The earth was fresh and humid; our feet sank into the leaves trampled by older steps. An intense ray of sunlight fell explosively on my mother's hair and face. She averted her gaze and in this gesture of shifting her head, I saw you, Isidor Halpern. I saw the inscriptions with your name in Hebrew and German and we knew that the angel of life had fulfilled our request.

This story, my dear Omamá, is not made up. I believe it was a messenger of God who illuminated mother's face as she turned toward your name. It was so important for us to rescue your name and say: Here lies Isidor Halpern, a good and noble man, dead before the war. Mother and I embraced—and we saw the tree. We joined our hands and laughed, completely happy and joyful. It was your tree, the one that protected your visits, that sheltered you from sun, fog, and rain. It was in front of that same tree that we prayed in silence, giving thanks for this gift of sun and light and the breath of God.

Dear Omamá Helena, wherever you are, we have gone to Vienna to bring you this story of God's light over mamá's face and the name Isidor Halpern. We returned to Vienna at the end of this millennium to find ourselves and to find you. From the bitter and sweet earth we understand the destiny of our migrations. We understand your arrival at the port of Valparaíso, your silences, and your secrets. But here, Omamá Helena, we are safe because we have not rejected the past, because your memory and ours, my mother's and mine, are only ribbons in a bouquet of lilacs.

We returned to the city with the absolute certainty of having experienced a miracle. We did not try to interpret it or explain it. We now sought only to visit your house. We wanted to know where you had lived and what you did in the mornings after buying bread and flowers. In which parks did you rest your feet, where did you buy flowers and your Shabbat candles? Your house was still intact. It was there that you lived with Isidor and your two small sons, Joseph and Maurice. Your apartment was number six, facing an interior courtyard and a large tree. From here, dear grandmother, you left on a rainy afternoon in 1939, awash in sadness on a train for Hamburg. I wanted to retain in my mind that door, those thresholds that, like guardian angels, pro-

lazo en un ramo de lilas.

Regresamos a la ciudad con la certeza de haber vivido un milagro. No nos dedicamos ni a interpretar ni a pensar, tan sólo en ir a tu casa a visitarte. Queríamos saber dónde habías vivido y qué hacías por las mañanas después de comprar pan y flores. ¿En qué parque reposabas tus pies y dónde comprabas las flores y las velas del sábado? Tu casa estaba aún intacta. Fue allí donde viviste con Isidoro y los dos pequeños hijos, Joseph y Mauricio. Tu apartamento era el número seis, frente a un patio interior y un gran árbol. Desde aquí, abuela mía, saliste una tarde lluviosa de 1939 en un tren hacia Hamburgo, toda cubierta de tristeza. He querido retratar esa puerta, los umbrales que como ángeles guardianes cuidaban todas tus entradas y tus regresos.

Parte de la magia es ese deseo de vivirla, de abrir la caja de los asombros, como quien se plasma toda y se abre a los sonidos, al placer de la ropa sobre la piel. A pesar de que tú y yo compartimos estos dos mundos en una plenitud inexplicable, estas preguntas que tú hacías en silencio pesan sobre mí. ¿Dónde está Estefanía la que abandonó Polonia con las melodías del piano en sus manos? Hoy yo soñé con ella. La he soñado todas las noches desde que llegamos a Viena hasta que la luz llegó a conducirme a la inscripción de aquella tumba añorada.

Ahora no me pregunto por qué he venido a Viena. Tengo la plena certeza que es para honrar a los muertos, a todos los muertos, a los gitanos, a los testigos de Jehová, a los judíos, a mis tías que nunca conocí, a la memoria de esta bisabuela que regresa tantas veces y me besa la frente y reza en alemán.

Helena Broder, ángel de la memoria, Frida Agosín, contadora de historias; gracias por haberme acompañado por esta ciudad junto a los fantasmas de Viena. Así comprendimos que tal vez sí son posibles los regresos y el recrear las memorias frente a un parque o una fuente con aguas turbias que al ser nombradas se aclaran.

Desde un tiempo sin premura quise saber de ella, de sus travesías e imposibles regresos, de la cercanía precaria del olvido. Su nombre era Helena Broder, casada con Isidoro Halpern, oriundos de Polonia, donde los judíos eran parte de una memoria desmembrada,

tected your arrivals and your departures.

Part of the magic is the desire to find it, to open the box of surprises, like someone open to change and sounds, to the pleasure of clothes on the skin. Even though you and I coexist in these two worlds in an inexplicable completeness, those questions that you silently asked weigh upon me. Where is Stefania, the one who left Poland with piano melodies in her hands? Today I dreamed of her. I have dreamed of her every night since our arrival in Vienna, until the light came to lead me to that inscription on the tomb of my yearnings.

Now I do not ask myself why I have come to Vienna. I am absolutely certain that it is to honor the dead, all the dead: gypsies, Jehovah's Witnesses, Jews, my aunts whom I never met, the memory of my great grandmother who returns so often to kiss my forehead while praying in German.

Helena Broder, Angel of Memory, Frida Agosín, storyteller, thank you for being with me in this city, together with the spirits of Vienna. Thus we understood that returns are possible just as one recreates memories in front of a park or a fountain with murky waters that, by the simple act of naming them, become clear.

From those distant times without haste or urgency, I have wanted to know about her, her journeys and impossible returns, the precarious proximity of oblivion. Her name was Helena Broder, married to Isidor Halpern, natives of Poland, where Jews were part of a dismembered memory, of Vienna and finally, of Santiago, Chile. I lived with her for a few years and I remember her long hair of smoke and clear foams. I invoke her slow steps, vulnerable and valient. On Fridays, in the Southern Hemisphere, she used to light candles and pray in German.

Helena Broder was my great-grandmother. I knew her for only eight years. Eight years of gazes full of wonder, eight years of being an inquisitive young girl, daring to penetrate the forbidden questions, or the body of a blazing memory. What I know about her is through my mother, who only now will speak of her, as well as my cousin Alexander, who after forty-five years returned to the life of an eccentric and smiling Jew, crazy and obsessed, searching Moravia for his deceased aunts; traveling through the largest Jewish cemetery in Europe, Auschwitz; cursing his fate, praying to the child of Prague and

de Viena y por fin de Santiago de Chile. Viví con ella por algunos años
y recuerdo su larga cabellera de humos y espumas claras. Invoco sus
pasos lentos, vulnerables y valientes. Los días viernes encendía los
candelabros en el hemisferio sur y rezaba en alemán. Helena Broder era mi bisabuela. La conocí por tan sólo ocho
años. Fueron ocho años de miradas llenas de asombro, ocho años de
niña sabia, atreviéndose a traspasar las preguntas prohibidas, o el
cuerpo de una memoria en llamas. Lo que sé sobre ella es a través de
mi madre quien tan sólo ahora me habla de ella, como también del
primo Alexander, que después de 45 años, regresó a su vida de judío
excéntrico y risueño, obsesionado y desquiciado, buscando en Moravia
a sus tías difuntas; viajando por el mayor cementerio judío de Europa,
Auschwitz; maldiciendo su suerte; rezando al niño de Praga y a un
Dios mudo. Alexander buscaba a su familia, a los 23 primos, tíos y
padres que murieron en Terezin o en los campos de odio lejanos. Yo
le pregunté a él sobre su tía Helena Broder y así comencé a unir esta
historia sobre ella y su vida, del limonero en su casa de escombros y
de los libros perdidos que sus manos sujetaron. Es ella, mi bisabuela
Helena, pero sé muy poco de ella antes de la guerra. Tan sólo sé de
ella después de su llegada a Valparaíso, cuando por las noches gemía,
rezaba y cantaba buscando a Cecilia y a Celina. ¿Eran las mismas
mujeres muertas en otros tiempos y en otras fronteras?

¿Cómo era Helena Broder? ¿Cómo armar su vida truncada en
1939 cuando salió de casa con su traje de lentejuelas y un topacio en
su garganta de humo para nunca regresar? Me gustaba traspasar
umbrales, cruzar las fronteras imaginarias de una casa vacilante con
las palmeras de un trópico lejano vibrante. Quería llegar a ella, la que
siempre estaba inclinada sobre la tarde y el tiempo enloquecido,
parpadeando hacia una ventana de cristales rasguñados, balanceán-
dose como hacían los antiguos hombres en el desierto. No sé si rezaba o gemía, si cantaba o lloraba y en el canto recordaba los signos tac-
iturnos de la historia.

Cuando llegaba a ella, le besaba el cuello y las manos que eran
una bandada de pájaros del hemisferio sur, bandurrias rojizas, rayos
de felicidad. Ella estaba en la desolada Europa, junto a las lilas del
Prater, las calles majestuosas de Viena donde caminaba con sus zap-

to a silent God. Alexander was in search of his family, his twenty-three cousins, uncles, and parents who died in Terezin or in the distant camps of hate. I asked him about his aunt, Helena Broder, and that is how I began to stitchtogether this story about her and her life, about the lemon tree in her house of rubble and the beloved lost books that her hands held. It is her, my great grandmother Helena, though I still know very little about her before the war. What I know of her begins with her arrival in Valparaíso, when at night she moaned, prayed, and sang, searching for Cecilia and Celina. Were they the same women who died in other times, beyond other borders?

What was Helena Broder like? How do I piece together her life, truncated in 1939 when she left the house in her sequined dress and a topaz around her neck of smoke, never to return? I used to love to cross those thresholds, to traverse the imaginary borders of that unsteady house, surrounded by the palm trees of a vibrant, far away tropic. I wanted to reach her, the one who was always leaning over dusk and the maddening time, blinking toward a window with scratched crystals, balancing as the ancient men of the desert used to do. I do not know whether she prayed or moaned, if she sang or cried, but in her song she remembered the taciturn signs of history.

When I arrived at her side, I kissed her neck and her hands that were like a flock of birds of the Southern Hemisphere, reddish flocks, rays of happiness. She was in that desolate Europe, with the lilacs of the Prater, the majestic streets of Vienna where she walked with her high heels, her blue tulle bonnet under a yellow sky.

Who was Helena Broder, my Viennese great-grandmother? Who was she, before and after the war? This is the story that I am unable to tell unless it is through these questions that waver in the darkness of those who fled and those who remained, questions recalled only by the voices of the dead.

Come with me to the second floor to find her in the room full of dancing lamps. There is no consolation for her in this void, yet she overflows with life and orange blossoms. Her name, as I have said, is Helena Broder. I love to repeat her name, as if to make sure that she is alive. She is small and transparent. Her chignon is the color of the moon, her eyes like abandoned lighthouses. She speaks no Spanish,

atos empinados, y su sombrero de tul azul y el cielo amarillo.
¿Quién era Helena Broder, mi bisabuela vienesa? ¿Quién era
antes y después de la guerra? Es esta la historia que no puedo contar
pero la contaré por medio de preguntas que sólo vacilan en la oscuridad de los que huyeron y de los que permanecieron, de lo que por
medio de las voces de los muertos se recuerda.

Suban conmigo al segundo piso a encontrarla en el cuarto que
está lleno de lámparas danzarinas. No existe para ella consuelo en ese
vacío, pero al mismo tiempo ella está desbordante de vida y de azahares. Se llama, como dije antes, Helena Broder. Me gusta repetir su
nombre como para cerciorarme de que está viva. Ella es pequeña y
transparente. Tiene un moño color luna y ojos de faros abandonados.
No habla español y tan sólo sonríe cuando le abrazo y mis manos son
un collar de pájaros, sus manos una quiromancia por hacerse.

Nos salen al encuentro las fotos, abuelas como mosaicos mutilados de vidas detenidas, fotos desaforadas, fotos turbias y trasnochadas.
Leemos el reverso en un idioma que a veces tú también olvidas.
Aparecen familias enteras con fechas inciertas, antes de la guerra....
Todo es antes de la guerra, memorias de agua y de tinieblas. Siempre
un jardín de lilas, flores salvajes de primaveras fabuladas. De pronto
abuela, los rostros se desvanecen. Ya no tienen más sus caras ni sus
vidas de niñez o de mujeres felices. Alguien les ha robado la vida y se
han consumido como un fuego lento. Un fuego que no habla, en un
tiempo que se deshilvana como una mortaja eterna.

He conocido a mis tías y a mis primas por medio de tu habla. Es
tu palpar sobre aquellos ojos que me hacen saber cuanto las amabas.
Cuánto las amas aún. ¿Por qué tú, Helena Broder, no pactas con el
olvido o tal vez sobrevives con rezos dudosos?

Toda la infancia, abuela, la pasé con las fotografías oscuras y
claras, reconociendo las horas que se las llevaron, reconociendo las
horas de la búsqueda y tu cabeza es una hoguera, un fuego, campos
de girasoles que acompañan estos retratos de familia y la guerra.
Después el tiempo se suspende en un tiempo sin tiempo, en gargantas
de humo sobre los prados.

Entre los recintos de la sombra, más allá de la oscuridad que
cubría tus noches inquietas en un barco extranjero con voces distantes,

and only smiles when I embrace her, my hands a necklace of birds, her hands palmistry to be read.

The photographs come to find us: grandmothers like mutilated mosaics of arrested lives, wild photographs, blurred and weary. We read the reverse in an idiom that even you occasionally forget. Whole families appear with uncertain dates—before the war. . . . Everything is before the war, memories made of water and shadows. There is always a garden of lilacs, savage flowers of imagined springs. Suddenly, grandmother, the faces fade. The have neither their faces, nor their childhoods, nor their happy women. Someone has robbed them of life, and they have been consumed as in a slow fire—a wordless fire in a disjointed time, like an eternal shroud.

Through your words I have met my aunts and cousins, but when your hands touch those eyes I know how much you loved them. How much you still do. Helena Broder, why do you not make a pact with oblivion, or perhaps survive with doubtful prayers?

Grandmother, all my childhood was spent with those photographs, dark yet clear, knowing the hour of their capture, knowing the long hours of searching; your head is a bonfire, a flame, a field of sunflowers that always accompanies these war-time family portraits. Afterwards, we are suspended in a time without time, in fields smothered by choking smoke.

Among the chambers of shadows, beyond the darkness that filled your restless nights in a foreign ship with distant voices, you glimpsed a dream-like coast. After the hard journey, the sea came to you in a premonition, and fish with tiny fiery heads surrounded you, welcomed you, this small fragile refugee from Vienna, an orphan from all coastlines. Finally, here at the end of the world you had touched firm ground. On the most dense, luminous morning, they said, "Welcome to Valparaíso." My mother was waiting for you with red and blue streamers and other voices. Your son brought you bunches of grapes and handfuls of lilacs and succulent, golden peaches.

I have re-lived your travels and your memories, giant witnesses in a fugitive sea, small luminous clusters, tunnels toward the light. You touched the land; you had saved your prayer book, your feather coverlet, and the breeze of the Pacific distracted you. Already you were an

soñaste la costa. Después de la travesía salvaje, el mar se acercaba a
ti en una premonición, mientras a tu alrededor los peces con sus
cabezas diminutas de fuego te daban la bienvenida, pequeña y frágil
refugiada de Viena, huérfana de todas las costas. Por fin habías tocado tierra firme aquí al fin del mundo. En la más espesa y luminosa
mañana habían dicho "Bienvenida a Valparaíso." Mi madre te espera-
ba con serpentinas rojas y azules y las voces ajenas. Tú hijo, te daba
racimos de uvas, manojos de lilas y dorados y suculentos duraznos.

He vivido tus travesías y tus memorias, gigantescos testigos en un
mar fugitivo, pequeños racimos luminosos, túneles que se abren.
Habías tocado tierra y salvaste tu libro de rezos, tus frazadas de pluma
y la brisa del Pacífico desvistió tu mirada. Eras ya una inconclusa
refugiada de Viena. Estabas en América donde no había hombres
muertos en la nieve, ni ghettos tan solo para los judíos de estrellas tac-
iturnas. Era el fin del mundo con el océano Pacífico como un manu-
scrito iluminando, el destino glorioso de tu victoria: simplemente la
vida.

Amaneceremos recordando. ¿Amanecerá hoy abuela? No sere-
mos un bosque perdido entre las sombras trizadas de la noche. El
amanecer, abuela, será tu desafío más sublime. Estás en el nuevo
mundo. Eres el milagro de la historia que es azar. No hay ni fuegos,
ni cenizas, tan solo el mar radiante, el origen luminoso de América del
Sur. Estás viva abuela. No lo olvides. Estás viva y es ésta una loca
pasión por la vida.

Te has quedado transitando por las mismas callejuelas repitiendo
el nombre de las flores que ponías todos los sábados. Ahora has llegado a otra orilla y caminas con otros ritmos. Nadie se mofa de ti,
Omamá, ni te escupen, ni te reconocen todo tu cuerpo inocente y
diminuto. Al contrario, te alaban porque eres extranjera y te aman
cuando les enseñas a bailar el vals vienés entre los vientos de la
cordillera de los Andes. Estás a salvo abuela.

No sé mucho de tus paseos. ¿Paseabas por el Prater? ¿No te
cansabas del sinuoso ritmo de esas avenidas, despobladas de pasión,
congeladas como párpados malévolos? Viena se recreaba a sí misma
en cada una de tus caminatas y eras Frau Helena, con los sombreros
de tul violetas y lilas bajo el brazo y tus pies de bruja voladora.

unfinished refugee from Vienna. You were in the Americas where no men lay dead in the snow; where there were no ghettos set aside for Jews and silent stars. It was the end of the world, with the Pacific Ocean like an illuminated manuscript, the glorious destiny of your victory: simply to live.

We shall wake up remembering. Shall the sun rise today grandmother? We shall not be a forest lost amid the crushed shadows of the night. Dawn, grandmother, will be your most sublime challenge. You are in the New World. You are a fortuitous miracle of history. There are no fires, no ashes, only the radiant sea, the luminous source of South America. You are alive, grandmother. Do not forget it. You are alive and there is this crazy passion for life.

You have continued to walk the same streets, repeating the names of the flowers that you offered every Saturday. Now, upon this other shore, you walk to other rhythms. Nobody makes fun of you, Omamá, or spits at you, or touches your small and innocent body. On the contrary, they praise you because you are a foreigner and they love it when you teach them to dance the Viennese waltz among the winds of the Cordillera de los Andes. You are safe, grandmother.

I don't know much about your walks. Did you walk through the Prater? Did you never tire of the winding rhythm of the majestic avenues, devoid of emotion, frozen like malevolent eyelids? Vienna recreated itself in each one of your walks and you were Frau Helena of the violet tulle bonnet with lilacs under your arm and your flying fairy feet. You loved your city from dawn until its serene dusk. You loved monotony. You sparkled in the familiar repetition of days. Suddenly, they forbade you to feed the doves; they forbade you to go beyond your garden, so frequently mentioned as if it were an invisible city.

So every night you emerged to look up at the heavens and your eyes were filled with hidden, uncertain joy. Your life was so transient, Helena Broder. All of a sudden the Order of Deportation arrived for you and Maurice Halpern and you saw how they struck your son for no reason, how they forced him to clean the sidewalks in the early hours of the morning. Already nothing and nobody belonged to you. There was no joy for you, grandmother, but I repeat once and again: You are alive. Suddenly, on a blue night of flames and fire, you had to abandon

Amabas tu ciudad desde el amanecer hasta la caída serena de las tardes. Te gustaba la monotonía. Eras tú centelleante en la repetición familiar de los días. De repente, te prohibieron dar de comer a las palomas, te prohibieron salir a tu jardín que tanto nombrabas, como si se tratara de una ciudad invisible.

De todas formas, cada noche tú te asomabas y mirabas el cielo y tus ojos se llenaban de alegría oculta e incierta. Tan transitoria era tu vida, Helena Broder. Súbitamente, llegó la orden de deportación para ti y para Mauricio Halpern y viste cómo azotaban a tu hijo sin razón y cómo lo obligaban a limpiar las veredas de madrugada. Ya nada ni nadie te pertenece. No hay gozo para ti abuela pero te repito una y otra vez, "estás viva". De pronto, una noche azulada de llamas y fuegos, te alejas de tu casa y de tu jardín. Te alejas abuela de Viena y es un milagro que estés viva aún, sana y a salvo. Hoy celebro este milagro.

Por las noches, en la oscuridad paulatina de la luz, tú te asomabas, asombrada en una luz que se desnuda a sí misma ante las estrellas, el cielo y las rosas que permanecían tarde a tarde, noche a noche. Tú te asombrabas ante la quietud de las cosas e indagabas sobre la permanencia de las rosas, de un concierto de grillos o luciérnagas. Estabas a salvo abuela en la América del sur. Ya nadie esta noche vendría a buscarte.

Las puertas han quedado abiertas, el viento acaricia suavemente tu piel, y el mar te ofrece una canasta de ágatas.

Praga

Estamos en Praga otra vez abuela. La Praga de los judíos muertos donde arden aún sus memorias, donde antes tú dormías en esas esporádicas visitas a tu otra Viena. Tus primas estaban envueltas en la fragancia del azar y la historia caprichosa que movía fronteras las encaminó por estos puentes de luz y sombra, por el duelo de la vida y sus llamas de luto. Algunas, abuela, fueron llevadas a Terezin. Mudas salieron al patio de sus casas. No recogieron pertenencias, tan sólo miraron las nubes y por última vez al Puente del Rey Carlos, con sus caprichosas estatuas.

your home and your garden, grandmother, abandon Vienna itself. It is a miracle that you are still alive, healthy and unharmed. Today, I celebrate this miracle.

At night, in the gradually fading light, you would walk out, astonished at the light, undressing itself before the stars, and at the roses that remain, evening after evening, night after night. You were surprised by the quietude and inquired into the permanence of roses, and the concerts of crickets and fireflies. You were safe, grandmother, in South America. On such a night, no one would come looking for you.

The doors have remained open, the wind caresses your skin, and the sea offers you a basket of agates.

Prague

Once again we are in Prague, grandmother. The Prague of dead Jews where their memories still burn, where in another time you slept during those sporadic visits to your other Vienna. Your cousins were engulfed by the fragrance of orange blossoms, and the capricious history that shifted borders and guided them over those bridges of light and shadow, beyond the sorrow of life and its flames of mourning. Some of them, grandmother, were taken to Terezin. Mute, they left their courtyards. They gathered no belongings; only glanced at the clouds and, for a last time, crossed the King Charles Bridge with its outlandish statues.

Today I am in the old cemetery of Prague and I do not know if I have arrived in spring or in the dark heart of the forest in the winter of a crazed Europe. Memory, grandmother, is confounded by what others have told me just as it is by crevices of perverse silence. I enter through the door of life. I depart over the threshold of death. Tombs are moving, dancing ravenously: agitated as in some horrific ceremony. The Jews lay piled in the cemeteries of Prague. Curious tourists visit these cemeteries to make sure that the legend of the piled up Jews in this ghetto is true, just as true as the men decapitated in the middle of the night and the children who were dragged to their deaths.

I do not know what I am searching for here, grandmother, in the cemetery of Prague. You never spoke about it, or about the grave-

Hoy estoy en el viejo cementerio de Praga y no sé si he llegado en la primavera o en el pleno oscuro corazón del bosque, en el invierno de una Europa desquiciada. La memoria, abuela, se confunde con lo que otros me contaron como también con aquellas grietas de perversos silencios. Entro por la puerta de la vida. Salgo por el umbral de la muerte. Las tumbas se mueven, danzan famélicas, alborotadas como una ceremonia dantesca y rojiza. Apilados yacen los judíos en el cementerio de Praga. Los curiosos turistas lo visitan para cerciorarse de que la leyenda de los judíos apilados en este ghetto fue cierta, como lo fueron los hombres degollados en la mitad de la noche y los niños arrastrados a sus muertes.

No sé qué busco aquí abuela, en el cementerio de Praga. Nunca me hablaste de él ni de aquellas lápidas repletas de secretos e historias. Me hablaste tan poco, abuela. Me dejaste que te peinase el cabello color ceniza, como esta ciudad. Me dejaste mirar viejas tarjetas postales para luego entrar en un bochorno inexplicable.

Regreso al cementerio de Praga como seguramente lo han hecho otros. Acaricio y beso las tumbas, las letras hebreas que aún reconozco y sé que la memoria de esta ciudad cada vez será de la otra, pero tal vez algún día será la mía o la que quiero descubrir. ¿Cómo será esta ciudad de los muertos? ¿Entrarán en discusiones? ¿Danzarán a medianoche en sus calles preferidas o tan solo se recogerá más la noche en un fatídico silencio y nadie podrá reconocerse, ni los muertos ni los vivos porque ya somos los otros?

Tus tarjetas postales se recuestan entre tus dedos que se tornan color luto, color sombra, como si esperasen al sepulturero de tus hermanas de Praga, a las cuales yo también fui a buscar.

stones replete with secret histories. You said so little, grandmother. You allowed me to comb your hair, ash-colored like this city. You let me look at old postcards so that later I will blush inexplicably.

I return to the cemetery of Prague, as many others have certainly done. I carress and kiss the tombs, the Hebrew letters that I recognize, and each time I know that the memory of this city belongs to another, but one day perhaps I too will own that memory, or at least the one I want to discover. How will this city of the dead be? Will they participate in discussions? Will they dance at midnight in their favorite streets? Perhaps night will gather itself into a fateful silence and no one will be able to recognize anyone else, neither the dead nor the living because we will have already become the others.

Your postcards rest between your fingers, which have turned the color of mourning, the color of shadows, as if they were waiting for the gravedigger of your sisters from Prague, whom I also sought.

Helena Broder

Se llama
Helena Broder.
Es mi bisabuela
perteneciente
a un linaje de viajeros magos.
Tan solo recuerda
una fecha:
1939,
la noche en Hamburgo,
sobre su estola de fuego.
Nunca discutimos el
linaje
ni los objetos transitorios,
la tentación era
olvidar las cenizas
abrazar los espejos
con el rostro encendido de amores.
Eran precarias
nuestras genealogías
grandiosa la memoria.

Helena Broder

Her name is
Helena Broder,
She is my great-grandmother,
belonging
to a long line of magician-travelers.
She only remembers
one date:
1939,
the night in Hamburg,
over her stole of fire.
We discussed neither
lineage
nor transient objects.
The temptation was
to forget the ashes,
to embrace the mirrors
like ardent lovers.
Our precarious
genealogies
made memory magnificent.

Confesión de los austríacos

Como entre los abismos,
se escuchan las voces
de la disculpa,
¿o serán los rituales adormecidos
del arrepentimiento?
Los austríacos
confiesan pactar
con los colmillos del miedo.
Cabizbajos anuncian un falso desgarro.
Dicen haber robado infancias claras,
arrojado a hombres tras los ventanales,
jugado a ser sepultureros
de los judíos,
de los niños judíos
entre más inocentes
más airados en su ira.

Austrian confession

As if from the abyss,
complacent voices
make excuses—
or are they the tired rituals
of repentance?
The Austrians
confess their pact
with the fangs of fear.
Heads bowed, they put on a brave show:
admit to having stolen childhoods,
thrown men through windows,
played gravediggers
for the Jews,
for Jewish children.
Among the most innocent
their anger was most perverse.

Los ángeles inclinados de Helena Broder

De pronto soñaste
que los umbrales de casa
eran ángeles inclinados.
Comenzaste a nombrarlos
a cada uno de ellos
en voz alta
rápida.
Eras como tus hermanas,
cálidas y transparentes,
brisas malvas en un día de fiesta.

De pronto soñaste
que tal vez estaban ahí,
junto a tu memoria
en este paisaje de jazmines,
azahares;
este paisaje que no huele
a carnes muertas.

Entonces soñaste
que esas, tus hermanas,
eran ángeles y que te decían
"Buenos días, Helena Broder."
Yo me puse también a silbar sus nombres
y tu mano fue como el dibujo del viento
sobre la mano de Dios.

The leaning angels of Helena Broder

In a sudden dream you found
the lintels of your house
were leaning angels.
You began to name
each one of them
in a voice high
and fast.
You were like your sisters:
warm and transparent,
mauve breezes on a festive day.

Suddenly, you dreamt—
perhaps—that they were there,
beside your memory
in this landscape of jasmines,
orange blossoms;
this landscape that has no stench
of dead flesh.

Then you dreamt
that your sisters were these angels
and they said to you
"Good morning, Helena Broder."
I too began to whistle their names
and your hand was like a sketch
of wind upon the hand of God.

Noche de Viena

En la noche de Viena
acudiste ligera,
como en un sueño de blancos,
a la casa de la vecina,
la que te hablaba de sus geranios,
la que te regalaba el trozo de strudel
y llevaba las llaves de tu casa.

Ella no te reconoció.
Ya eres una judía.
Todo a tu alrededor
era de judía
con olor a judía,
con ropa de judía,
con la muerte de judía.

Dijo que tenía prisa,
que no tenía tiempo para rescatar a otro judío
quemados libros sobre el jardín de geranios.

The Viennese night

One Viennese night,
as airily as a dream of clouds
you entered
your neighbor's house,
the one who babbled about her geraniums,
who gave you a slice of strudel,
who took away your house keys.

She did not recognize you.
You were a Jew.
Everything around you
was Jewish:
Jewish smell,
Jewish clothes,
Jewish death.

She said she was in a hurry,
she had no time to rescue another Jew
while books burned in the geranium garden.

El impredecible tren del norte

Como un oscurecido viajero,
el conductor del tren
seguro, preciso,
vigila que todos los pasajeros,
inclusive las mujeres calvas,
las vestidas de novia y muerte y
los ancianos jadeantes,
se suban a ese tren
que los llevará
al lugar de la ausencia
más segura,
al lugar de los espantos sin nombre,
al secreto más inexplicable,
secreto que todos conocemos.

El conductor del tren
es prestigioso en su oficio,
merece una condecoración
por su puntualidad.
Sabe el destino de aquellos trenes:
las estaciones de gas azul,
los parajes de la niebla,
el silencio más allá de todos los silencios,
los cuerpos que arden cuales flores muertas.

El conductor del tren
se considera noble en esa obediencia.
Después de todo
son sólo los judíos que viajan

Unpredictable northern train

Like a hidden traveler,
the train conductor
confident, precise,
checks that each passenger,
including the shorn women,
those dressed like brides, and death,
and the gasping elders.
They board this train
that will deliver them
to the place from which
there is no return,
to the place of nameless horrors
to the most inexplicable secret,
the secret we all know.

The train conductor,
well respected for his work,
deserves a medal
for his punctuality.
He knows the fate of those trains:
stations of blue gas,
the home of that fog,
that silence beyond all silences,
where bodies burn like dead flowers.

The train conductor
considers himself noble in this obedience.
After all,
it is only Jews who travel

en esos trenes y su deber,
su vocación apasionada,
es que desaparezcan los judíos.
Antes habían desaparecido los Testigos de Jehová,
las enfermas, las ancianas,
ahora hasta los niños judíos,
un millón y medio para precisar,
deben ir,
y el conductor se alegra
cuando los ve subir
es muy de noche
aunque es claro ver.
Son bellos y vulnerables,
esos niños,
cadenciosos y ceremoniosos,
con cabelleras luminosas
obedecen.
Son sinceros.
Han recorrido el verano sin premura
en esta hora turbia
siguen siendo buenos
aunque el conductor del tren
detesta a los niños judíos.

El conductor del tren
ama la perfección de la obediencia,
el sonido del tren que se aleja
y se retira,
se aleja y se acerca,
como la niebla que aprisiona.

El conductor del tren
sabe cuándo se abren las puertas de la vida

on these trains
and it is his duty,
his passionate vocation,
to make the Jews disappear.
It was the Jehovah's Witnesses who disappeared first,
then the sick, the old,
now Jewish children,
a million and a half, to be precise.
They must go,
and the conductor smiles
watching them board,
it is midnight-dark
but clear enough to see.
They are beautiful and vulnerable
those children,
graceful and ceremonious
with luminous hair.
They obey.
They are sincere.
They have endured a long slow summer
in this turbulent time,
yet they seem good
even though the conductor
detests Jewish children.

The train conductor
loves the perfection of obedience,
the sound of the departing train
retreats: recedes and rises,
like the suffocating fog.

The train conductor
knows when the doors of life

y de la muerte
y él sonríe.
Él ama su oficio.
Es noble matar judíos,
ciudadanos de nadie,
niños dementes
deshabitar las palabras del amor y del miedo.

Hoy yo rezo por aquel conductor de tren.
Pido una explicación
por aquellas novias de luto,
por la abuela a quien le sajaron el corazón.
Pido justicia por todos los conductores de tren
que sabían que a ese lugar se llegaba con vida,
y se regresaban los
compartimentos vacíos,
con algunas muñecas,
decapitadas con libros de hadas
danzando entre la locura.
En esa estación aparecía la muerte,
sin rostro, con tacones translúcidos,
con la lengua jadeante
y el conductor de tren lo sabía.

El conductor de tren
hacía ecos de los silbidos de la muerte.
Insistía en que los trenes tuvieran su
propios calendario,
sus llegadas y partidas.
Amaba los trenes de medianoche
con los niños somnolientos y descalzos,
las madres llorosas, con orejas de pozo triste.

and death open,
and he smiles.
He loves his work,
it is noble to kill Jews,
citizens of nowhere,
demented children
abandoning words of love and fear.

Today I pray for that train conductor.
I demand an explanation
for those brides of mourning,
for the broken-hearted grandmother.
I demand justice for all the train conductors
who knew you delivered life to that place
and you returned
with empty boxcars,
with a few dolls,
decapitated fairy tales
dancing amid madness.
In that station, death appeared
faceless, with translucent heels,
with a panting tongue,
and the train conductor knew.

The train conductor
echoed the whistles of death.
He insisted that trains
run on time,
arriving and departing.
He loved the midnight trains
with the sleepy, barefoot children,
the weeping mothers with ears like sad wells.

El conductor de tren sonreía
mientras llegaban a Auschwitz
y así terminaba su jornada
heroica.
Había matado a otros judíos.

The train conductor smiled
when they arrived at Auschwitz
and his heroic journey
was over.
He had killed more Jews.

Maletín de viaje

En un claro
del bosque,
cercano a los precipicios
de la noche cabizbaja
y las ausencias,
ahí estaba
una pequeña maletita
de niña.
Podría haber sido
como la de tu hija,
llena de gracias,
piedras diminutas
y salvajes,
joyas imaginadas.
Podría haber sido la
valija de la novia
con su vestuario de color malva
como el amor
o la lluvia en el alma
después del amor.

Sin embargo,
era la maleta de una
niña judía
la que cantaba de noche
y que vivió tal vez en Praga,
o Amsterdam,
o en una aldea nevada de Rumania.

Traveling bag

In a clearing
of the forest,
close to the edge
of melancholy night
and emptiness,
there lay
a small girl's
traveling bag.
It could have belonged
to your daughter,
full of charms,
unusual pebbles,
imagined jewels.
It could have been
a bride's bag
with her mauve wardrobe
like love
or rain on the soul
after love.

However,
it was the bag
of a Jewish girl—
that one who sang at night,
who lived in Prague, perhaps,
or Amsterdam,
or in some snowy Romanian village.

Su crimen era haber nacido judía
y nada más.

De pronto, su maleta se halla
entre las nieblas
y el humo azul,
a la deriva.
No tenía destino
ni dueña y
tan sólo decía
"Auschwitz".

¿Es Auschwitz una ciudad
de muertos o vivos?
preguntó la niña sorprendida.

Era una maletita pequeña
con los tesoros de las niñas
y sus delirios de primavera.
Era una maleta sola,
sin destino y
sin dueña.
Esa maletita fue a dar a
un lugar donde, al llegar,
los niños se llenan
de canas blancas y
ya no miran al cielo.

Más que seguro
en el tiempo del hielo
sin fronteras
algún gendarme nazi
se debió quedar con el botín:

Her crime was that she was born Jewish,
nothing more.

Suddenly, her bag is found
amid the mist
and blue smoke,
adrift.
It had neither destination
nor owner and
it only said
"Auschwitz."

Is Auschwitz a city for
the dead or the living?
asked the girl, surprised.

It was a small bag
with the treasures of little girls
and their longings for spring,
an abandoned bag,
without destination or
owner.
This little bag was returned
to a place where,
upon their arrival,
children's hair turned white
and they no longer looked at the sky.

It is more than certain,
in the time of frost
without borders
some Nazi soldier
must have kept the loot:

tal vez una muñeca
o un diario,
tal vez semillas de girasol
pero tan sólo un recuerdo.

perhaps a doll
or a diary,
maybe sunflower seeds
no more than a memory.

Niña judía de Budapest

I

En este diciembre
de tibias brisas,
conozco tu
historia,
pequeña hada de Budapest:
niña judía extraviada
entre la perversa niebla
del Danubio
 y las llamadas temerosas
de tu madre que
te buscan para coser
en tus prendas de garza
una estrella de David.

II

La estrella marcaba
cada uno de tus pasos
que indican tus caminares y
tus travesías,
el paso de las niñas judías
y los comerciantes.
Cuando la luz oscurecía,
los gendarmes
malévolos y siempre sonrientes
clausuraban todas las
puertas de niebla.

Jewish girl from Budapest

I

In this December
of warm breezes,
I learn
your story,
little fairy of Budapest:
a Jewish girl lost
in the perverse fog
along the Danube
and the frightened calls
of your mother,
calling you in to sew
a Star of David
on your blue-eyed family.

II

The star marked
your every step,
identified your travels and
crossings,
the footsteps of Jewish girls
and merchants.
When the light faded,
malicious yet
always smiling soldiers
closed the doors
on the fog.

III

Y en este diciembre,
te acercas
me dices que
eres una fiel contadora
de historias.

Tu memoria sacia mi sed.
Tu memoria es como una espada
frente al coro de niñas muertas
y comienzas a contar:

Una vez en Budapest,
frondosa,
mi madre desobedeció.
Me quitó la estrella
dorada,
la estrella cruel
como el ángel muerto de los niños,
y por fin
entré a las tiendas
prohibidas y el tendero
me obsequió un helado.

IV

Todo esto me cuentas
deleitosa,
niña vieja de Budapest.
Vives agradecida del soplo más diminuto,
y yo me acerco a tu historia
y mi cuerpo también se llena de estrellas.

III

And in this December,
you approach me
and whisper that you are
a faithful accountant
of histories.

Your memory quenches my thirst.
Your memory is like a bullfighter
before a choir of dead girls,
and you begin:

Once in luxuriant
Budapest,
my mother disobeyed.
She took off my star,
the cruel
golden star
like a death angel among children,
and at last
I entered the forbidden store
and the shopkeeper
gave me ice cream.

IV

All of this you share with me,
delighted,
ancient child of Budapest.
You live grateful for the smallest breath,
and as I approach your history
my body too fills with stars.

Gracias
niña judía de
Budapest,
soberana de la memoria.

Thank you
little Jewish girl
of Budapest,
princess of memory.

Como el color de la niebla

Tus vestidos,
pequeñas embarcaciones de arena
o papel, a la deriva,
donde se calcan los inventos.
Frágiles tus enaguas
sajadas como el ropaje de
las mujeres muertas.
Tus prendas,
tus blusas de encaje color
niebla.
En tu ropa tan
sólo he encontrado
preguntas.

Cuando regresaste a esa casa
de escombros y luz afilada
Dios se te hizo cada
vez más ausente
rezaste por los padres de tus padres muertos.

Te quedaste agazapada en aquel umbral
que antes recibió los gestos de tu niñez
la felicidad de un lenguaje radiante.
Ahora entras salvaje, sola
las palabras se quedaron
en tu garganta de humo.

Like the color of fog

Your dresses,
tiny boats of sand,
or paper, drift
where patterns are traced.
Your fragile petticoats,
ripped like the clothes
of dead women.
Your garments,
your blouses of lace,
the color of fog.
In your clothes
I have found
only questions.

After you returned to that house
of rubble and piercing light,
God grew more difficult to find,
and you prayed
for the parents of your dead parents.

You remained curled up on that threshold
that had welcomed your childish acts,
the happiness of a radiant language.
Now you enter, feral, alone,
choking on the words
in your smoke-filled throat.

Tus pasos sobre la nieve de Praga

Ningún lenguaje
canta tus pasos sobre
la nieve de Praga,
ni tus manos sobre aquellas estatuas
en el puente Carlos que al
verte pasar hacen pequeñas reverencias
y celebran tu asombro.

Aún no llevas la estrella
de David
en tu ojal oscurecido.
Aún caminas, te deslizas,
te resbalas
y eres una niña en las
calles de Praga.
Sobre la nieve austera.
Te bendice
con sus relojes de magos inquietos y
sus cúpulas de cielo fosforescente.

Ningún lenguaje
canta tus pasos
sobre la nieve de Praga.
Piensas que todos somos hermanos.
Tu estrella dorada reluce febril
sobre la nieve que protege tus pasos.
No la escondes.
La luces orgullosa.

Your steps over the snow of Prague

No song tells
of your passage
over the snows of Prague,
or of your hands upon those statues
on the Charles Bridge
that make small curtsies as you pass
and laugh at your astonishment.

Still, you do not carry
the Star of David
in your dark buttonhole.
Still, you walk, you glide,
you slip,
and you are a girl in
the streets of Prague.
Over the austere snow.
You are blessed by its clocks
of restless magicians
and its cupolas of phosphorescent sky.

No song tells
of your passage
over the Prague snow.
You think we are all brothers.
Your golden star shines feverishly
over the snow that protects your passing.
You do not hide it.
It shines proudly.

Te alumbra mientras las
estatuas cambian de rostro,
la oración de la noche es
un canto de ausencias.

You are illuminated
as the statues change their faces,
night's prayer is
a song of absences.

Primas

Mi madre murmuraba
al nombrarlas,
Julia, Silvia, Sonia,
Sonia, Julia, Silvia.
Eran nombres de ríos,
nombres de mujeres hadas.
Eran mis primas,
mujeres conocidas,
con quienes compartíamos una historia.
Yo las amaba desde lejos
y desde cerca.

No sabíamos nada de ellas.
Poco se sabía del tiempo obstinado de la guerra,
tan sólo ciertas claves,
un murmullo
como un suspiro.
Nos enviaban direcciones secretas,
jamás resueltas,
pistas falsas,
nombres invisibles.

Para las fiestas sagradas
habían puestos vacíos
y mi padre, con su copa sagrada,
las nombraba,
Julia, Sonia, Silvia.

Cousins

My mother murmers
as she names them,
Julia, Silvia, Sonia
Sonia, Julia, Silvia.
They were the names of rivers,
the names of fairy women.
They were my cousins,
women we knew,
with whom we shared a history.
I loved them from a distance
and I loved them intimately.

We knew nothing about them.
Little was known about those grim war-years,
only certain clues,
a whisper
like a sigh.
They sent us encrypted addresses,
never deciphered,
false trails,
invisible names.

On holy days
their seats were vacant
and my father, with his sacred cup,
invoked their names:
Julia, Sonia, Silvia.

Yo llegué también a quererlas.
Me conformaba con
conocer sus letras
en raídas postales
de Viena, luego
Praga y
luego las ciudades de nombres austeros.

Mi abuela Helena,
taciturna
sacaba sus fotografías que
parecían huesos color de ámbar,
brillando entre las ausencias.
De pronto,
casi cincuenta años
después,
llama el primo de Suecia,
y no puede dejar de recordar.

Nos contó,
mudo,
delgado entre la distancia,
que las había visto,
a esas primas:
Julia, Sonia, Silvia.
Las había encontrado
en el libro sagrado de
los muertos.
Las había buscado por
sus apellidos,
y sus travesías.

I too came to love them,
was comforted to see
their handwriting
on frayed postcards
from Vienna, then
Prague, and later still
the cities with austere names.

My grandmother Helena,
taciturn,
took out her photographs that
resembled amber-colored bones,
bright among the absences.
Then out of the blue,
almost fifty years later,
the cousin from Sweden calls
and she cannot help but remember.

He told us,
mute,
ethereal at that distance,
that he had seen them,
those cousins:
Julia, Sonia, Silvia.
He had found them
in the sacred book
of the dead.
He had searched
for their last names,
and their crossings.

Habían sido trasladadas en aquellos
trenes de sombras
y calvas mujeres
cantando con sus trajes azules
a Terezin
para luego mandarlas a
Auschwitz
donde no hay olvidos,
donde no hay calendarios,
donde no hay memoria,
donde no hay voz,
donde las mujeres enmudecen,
son rapadas,
deliran
y hacen de sus cabezas los ceremoniales
de los pájaros muertos.

El primo de Suecia
las encontró.
Estaban muertas y vivas
o habían llegado en una tarde de ámbar
heridas y muertas.

Me dice rápidamente
que las mataron con el gas azul
y que eso es todo lo que se sabe de ellas.
Dice que se lo cuente a mi madre
y a la madre de mi madre,
también a la tía Regina.

Todas ellas
en Auschwitz

They had been transferred
to those trains full of shadows
and shorn women,
singing in their blue clothes,
bound for Terezin,
later sent on to
Auschwitz,
where there is no forgetting,
where there are no calendars,
where there is no memory,
where there is no voice,
where women keep silent,
are shorn.
They are delirious
and carry in their heads the rites
of dead birds.

The cousin from Sweden
found them.
They were both dead and alive,
or they had arrived one amber afternoon,
wounded and dead.

He tells me hurriedly
that they were killed with blue gas
and that this is all he knows of them.
He asks me to tell this to my mother,
and to the mother of my mother,
and also to Aunt Regina.

All of them
in Auschwitz,

y yo no sé cómo nombrarlas
y no sé cómo recordarlas.

La ira se confunde con mi aullido.
Las reconozco
Sonia, Julia, Silvia.
Ya no puedo nombrarlas
y las veo sajadas en esos bosques
de mariposas muertas
y pienso que no merezco esta vida
sin ellas.

Le digo a mi madre
y a mi abuela, que ha quedado
olvidada en el sur,
que no
debemos buscarlas.
Que no estipulemos falsos
presagios;
que ahí están;
que al llegar
las hicieron arder;
que sus huesitos fueron colocados
sin nombre en los hornos diminutos
de la muerte.

Me nublo toda al contarte esta historia
y sólo la cuento en un poema
porque no puedo decírsela a nadie.
No quiero oír cosas como
"Otra vez los judíos y sus memorias."
"Eso pasó hace años."
"Yo no sé nada del asunto."

and I don't know how to name them,
and I don't know how to remember them.

Fury blends with my screams.
I recognize them
Sonia, Julia, Silvia.
I am unable to name them anymore,
I see them mutilated in those forests
of dead butterflies
and I think: I do not deserve life
without them.

I tell my mother
and my grandmother, who remained
forgotten in the South,
that we should not
search for them.
That there is no need to pursue
false leads;
that they are there;
that they were incinerated
as soon as they arrived;
their tiny bones were laid
nameless in the little ovens
of death.

I am distressed by telling you this story
and I can only say it in a poem
because I cannot tell it to anybody.
I don't want to hear things like:
"Again, the Jews and their memories."
"That happened years ago."
"I don't know anything about that."

Así hablaban cuando se desaparecieron
el vecino, el abuelo,
sus nietos pequeños.
Esta noche
gira y gira en mi cabeza
como un atado de amapolas
muertas.
Ya sé dónde están Julia, Sonia, Silvia.
Iré a navegar esos prados.
Mi pasión besará esos céspedes
esperando encontrar sus labios.

Julia, Sonia, Silvia,
no morirán entre los alambres.
No serán más los judíos ocultos
sin cabellos y sin lenguaje.

Yo regresaré a los campos
para regarlos con rezos y agua santa
te regalaré un cuaderno, Julia,
un abanico, Sonia,
un soplo de luz, Silvia.
Primas mías, primas hermanas mías,
familia que nunca llegó a ser amada más.
No quiero engaños para vuestros nombres.
No quiero que nadie hable
por vuestros nombres.
Pido un segundo, un siglo de paz
y memoria
para todas
las judías muertas,
las gitanas,
las mujeres de Bosnia.

That is how they talked when
the neighbor, the grandfather,
and his small grandchildren were abducted.
This night
turns and turns in my head
like a bouquet
of wilted poppies.
I don't know where they are: Julia, Sonia, Silvia.
I shall navigate those meadows.
In my passion I will kiss the grass
hoping to encounter their lips.

Julia, Sonia, Silvia,
you shall not die tangled in barbed wire.
You will no longer be hidden Jews
without hair, without a voice.

I will return to the fields
to sprinkle them with prayers and holy water.
I shall give you a notebook, Julia,
a fan, Sonia,
a breath of light, Silvia.
My cousins, my blood cousins,
family members I will never embrace.
I don't want lies for your names.
I don't want anybody to speak
on your behalf.
I ask for a second, for a century of peace
and memory
for every single one:
the dead Jews,
the gypsies,
the women of Bosnia.

Todas se llaman
Julia, Silvia, Sonia
y son mías.

They are all named
Julia, Silvia, Sonia,
and they all are mine.

El Gólem de Praga

Como si camináramos sobre el agua,
las estatuas parecen llorar
y tú lloras con ellas.
Recuerdas a Helena Broder,
paseándose antes del sábado
cuando llegan las primeras
estrellas y la premura del atardecer.
La noche del sábado llega con su aletargada
y clarividente luz.

Caminos trastornados y sordos.
Sé que vivimos en la memoria,
o en la metáfora de la memoria,
o en la memoria que no deja olvidos,
que no permite promesas,
o en la imaginación de una memoria
que juega con la distancia,
es un pequeño cascabel que suena
sombrío sobre el reino de los muertos.

En Praga
donde vivieron los primos
que hoy veo vivos por primera vez,
vivos de verdad y no en el sueño de la muerte que
atraviesa mis pasos y los murmullos de la vigilia.
Están aquí.
Nos esperaban.

The Golem of Prague

As if we had been walking on water,
the statues appear to cry
and you cry with them.
You remember Helena Broder,
strolling the day before Saturday,
when the first stars arrived
and night fell so rapidly.
Saturday night arrives with its lethargic,
prescient light.

Spoilt tracks tell nothing.
I know we live in memory,
or in the metaphor of memory,
or in memory that does not allow oblivion
or permit promises,
or in the imagination of a memory
that plays with distance,
a small somber bell sounding
over the kingdom of the dead.

In Prague
where the cousins lived
whom I see today, alive for the first time,
they live in truth and not merely in the death-dream
that crosses my steps, murmuring as I watch
through the night.
They are here.
They were waiting for us.

Iremos a la casa de Kafka
donde vivía desdoblado y solo
junto a otros judíos solos y desdoblados.

Los turistas del Holocausto
leen a Kafka en el cementerio de los muertos arrimados
y ya no sé si estamos cruzando aguas
turbias o es la lluvia sobre las
tardes de Praga.

No sé si van a nuestro encuentro los Gólems
o son tus pasos, Helena Broder, toda vestida
de ámbar con granates,
con un anillo rojizo en tus manos claras.
Tu caminar es como la plenitud
de la felicidad clandestina.
Repites rezos
y cadencias leves sobre las estatuas.
Llueve esta tarde en toda Europa
y sobre toda la ciudad de Praga.
Nos apresuramos porque llegará el sábado
y los muertos repetirán a los vivos sus truculentas ofrendas.
Estás tú ahí, toda vestida de muerta,
toda hechizada y fantasmagórica.

Llueve sobre las estatuas de Praga.
Alguien nos toca el hombro
y aligeramos el paso.

Alguien escribió sobre los puentes:
había una ciudad fantasma
y el Gólem de Praga
presidía sobre ella.

We will go to Kafka's house
where he lived openly and alone,
united with other Jews, alone and unhidden.

The tourists of the Holocaust
read Kafka in the cemetery of the gatherng dead
and I no longer know if we are crossing troubled waters
or if it is the afternoon rains of Prague.

I do not know if it is the Golems who come to meet us
or if it is your steps, Helena Broder,
dressed in amber and garnets,
with a red ring in your celebrated hands.
Your walk is like the consumation
of some clandestine joy.
You recite prayers
and light verses over the statues.
This afternoon it rains
over the whole of Europe
and over all the city of Prague.
We hurry because Saturday is coming and the dead
will repeat their gruesome offerings to the living.
There you are, in the clothing of death,
bewitched and phantasmagoric.

It rains upon the statues of Prague.
Somebody touches a shoulder
and we quicken our pace.

Someone wrote about the bridges:
there was a ghastly city
and the Golem of Prague
watched over it.

Sobre Terezin, Helena Broder solloza

Dicen que el viento
amordazado no levantaba las hojas
ni los cuerpos de aquellos niños,
espectros de vida,
presagios de muerte.

Dicen que habían levantado muros
y vigilantes.
Los niños no llevaban lápices
bajo el brazo,
tan sólo estrellas amarillas:
estrellas ajustadas a los brazos
de aquellos niños
sin delitos,
sin grandes ni pequeños crímenes.
Eran niños, tan sólo,
con sus estrellas doradas
y sus trajes oscuros
para agregar más sombra
a ese lugar entre las lejanías
a ese tiempo sin tiempo,
a esos vientos sin viento.

Y los niños aprendieron
a seguir el
aliento de la marcha de
las cosas.
Vieron la luz de Dios
entre los alambres.

Helena Broder sobs over Terezin

They say that the wind was muzzled
and breathed neither on the leaves
nor on the children's bodies,
phantoms of life,
portents of death.

They say they had raised
walls, placed watchmen.
The children had no pencils
under their arms,
only yellow stars:
Stars tied to the arms
of those children
without offences,
without crimes, large or small.
They were children, only children
with their golden stars
and their dark suits
that only deepened the shadows
in that remote place
in that timeless time,
among breathless winds.

And the children learned
to follow
the breath of the movement
of things.
They saw the light of God
on the barbed wire.

Algunos dibujaron mariposas
vivas y muertas.
Otros las vocaciones del viento.

Dicen que era un lugar
donde el silencio se erizaba
por las noches;
donde el olvido
era un soberano
tras el lenguaje de
las alambradas
donde Dios permaneció
en los corredores muertos de la fe.

Some drew butterflies,
living and dead.
Others, the doings of the wind.

They say it was a place
where silence bristled
at night;
where oblivion
was the sovereign
behind the language
of barbed wire,
where God resided
in the deathly corridors
of faith.

Helena Broder conmemora el blanco y negro

Todavía ella se acerca
murmura, suspira
por ese rostro
por esa fotografía
que ha estado muerta
por más de tres décadas.
Ya no busca
en la oscuridad ahuecada
de las ciudades
ya no va a la plaza.

Tan solo se acerca
sobre esta fotografía
y le dice que
se la llevará de paseo.
Recogerán castañas,
hojas muertas y vivas
y de pronto
la mostrará,
no para preguntarles por ella
sino para decir
que ésa era su hija
que no pudo
ser,
que no pudo recoger frutillas.

Helena Broder commemorates the white and black

Still she comes close,
murmurs, sighs
for that face,
for that photograph
that has lain dead
for over three decades.
She no longer searches
the hollow city
shadows,
she no longer goes to the square.

Only when she is alone,
does she bend close over that photograph
to tell her that
she will take her for a stroll.
They will gather chestnuts,
dead leaves and living ones,
and suddenly,
she will show her,
not to ask about her
but to say
that she was her daughter
who could not be,
who could not gather strawberries.

Direcciones

Sin cólera
buscabas una dirección,
un umbral
que llamar casa,
memoria,
fuegos y resplandores.
Buscabas un lenguaje para contar tu mirada
tras las huidas.
Tu oficio es ser una mujer a cuestas con tu memoria.

En el rumor de tus pensamientos
sabías que tu nombre
y lo que te aguardaba
yacía entre los escombros,
brasas débiles
donde tus muertos moraban.

Sin premura,
buscabas un lenguaje
para llamar a tu madre ausente,
a tu hermana como una corola mortecina
entre los campos.
De ti
y de ellos nada
quedaba,
tan sólo el gesto de la ausencia.

Addresses

Calmly,
you searched for an address,
a doorway
to call your own,
memory,
flames and splendors.
You were searching for a language to explain your gaze
after the flights.
Your role is to be a woman beset by memory.

Somewhere among the rumors of your mind
you knew that your name
and what might have been your fate
lay in the rubble,
faint embers
where your dead dwelt.

Carefully
you sought a language
to summon your absent mother,
your sister like fading petals
in a meadow.
Nothing remained
of you or of the others,
only empty echoes.

Rue de Rosier

Como en los pasos
lentos y encantados
del amor,
bajo un cielo de estrellas que rezan,
cruzamos la rue de Rosier
y en voz baja oímos a los judíos
cantar o rezar,
oíamos murmullos de pájaros
y cortejos de nombres.

Te dije:
"Son los judíos que rezan
en la rue de Rosier".
Pero tú no los oías.
Las palabras como cantos y gemidos
te eran ajenas.
Yo las aprendí
de los secretos
de familia,
como las recetas escogidas
y los pactos ambiguos.
Yo reconocía
a esos invisibles judíos de la rue de Rosier,
quemados en las hogueras blancas
donde oficiaban los sacerdotes sus
imperdonables ceremonias.
Los llevaban y cercaban
en los campos sin hierba,
en los campos sin fragancia de jazmines.

Rue de Rosier

As with the deliberate
enchanted steps
of love,
we crossed the Rue de Rosier
beneath the chanting stars
and heard the hushed voices
of the Jews singing,
praying,
heard the cooing of doves
and names like gifts.

I told you:
"Those are the Jews praying
on the Rue de Rosier."
But you couldn't hear them.
The words, like songs and lamentations,
were foreign to you.
I learned them
from family secrets,
like favorite recipes
and illicit affairs.
I recognized
those invisible Jews of Rue de Rosier,
burned in the white pyres
where priests conducted
unforgivable ceremonies.
They captured them, surrounded them
in the barren fields,
in meadows with no fragrance of jasmine.

Los reconocí
a los judíos de la rue de Rosier.
Me golpeaban el hombro.
me regalaban bosques y niñas perdidas
sujetando candelabros de siete velas.

Tú y yo,
enamorados,
caminando por la rue de Rosier.
Tu mano se aferra y contempla la mía.
Yo sólo escucho el paso de los judíos de la rue de Rosier
centelleando con sus estrellas doradas.

I recognized
the Jews of the Rue de Rosier.
They tapped my shoulder,
offered me forests and missing girls
clutching candelabras with seven candles.

You and I,
lovers,
walking down the Rue de Rosier.
Your hand grasps mine as if in wonder.
I alone hear the soft footfalls
of the Jews along the Rue de Rosier,
glimmering with their golden stars.

Travesías

Crossings

1939

Supo ella seducir al destino,
vaticinar la hora de la huida
en 1939, vestida con el traje
de noche y la dicha
en los umbrales del temeroso
puerto de Hamburgo.
Navegó,
resuelta a la vida,
hasta los mares del Sur.

1939

She knew how to give destiny the slip,
how to predict the right moment to fly
in 1939, dressed as if
for an evening party,
even upon the fearsome docks
of the port of Hamburg.
Resolved to live,
she set sail
for southern seas.

Los ángeles
de la memoria

The Angels
of Memory

Chile, 1939

I

Como si tu elegancia fuese aquella
de las damas viajadas,
mujeres con el cabello liso y tomado
en un pinche de granate,
o una trenza como diadema
elevando el rostro.
Como si tus manos no fuesen tatuadas,
tan sólo fuentes claras donde
el agua danza delgada sobre ellas,
cubiertas por las nobles alhajas de familia,
te paseas por el hemisferio sur,
transparente con tus sedas de marfil
tu sombrero de tul violeta
y es paciente tu andar.

II

Sorprendidos te miran los señores
como si fueras
una turista extravagante
o la anciana del barrio o la loca del barrio
con el color violeta.
Pocos saben lo que ocultas
tu rostro borrado por las sombras,
tu soledad como un cofre sellado,

Chile, 1939

I

With your elegance like that
of well-traveled ladies,
with their silky hair
pinned by a garnet brooch
or braided like a diadem
crowning the face,
as if your hands were not tattooed,
but covered by noble family jewels
fountains with water dancing
lightly over them,
you stroll across the Southern Hemisphere,
transparent in your ivory-colored silks,
your bonnet of violet tulle
and your patient walk.

II

Astonished, men look at you,
as if you were an extravagant tourist,
or the neighborhood's eldest matron
or some local mad woman
turning violet.
Few know what you hide,
your face erased by shadows,
your loneliness like a sealed chest,

pocos saben de tus brazos
siempre abiertos
ni de las ceremonias de la demencia
todas las noches.

III

Caminas por las avenidas solemnes
pobladas de gomeros,
de vendedores de higos y frutas frescas.
De pronto en el sol fulgurante te detienes
como si en aquel herido corazón
las palabras surgieran en un latir
y comienzas a decir:
"Una vez en Viena . . .
una vez en Viena"
y llegan a tus pies
los ángeles de la memoria.

few know of your arms,
ever open,
or your nightly rites
of madness.

III

You walk the solemn avenues
lined with rubber trees,
and the merchants
with their figs and fresh fruit.
Suddenly, you pause beneath the blazing sun
as if your wounded heart
were pulsing words,
and you begin to say:
"One time in Vienna . . .
one time in Vienna"
and the angels of memory
arrive at your feet.

Las odiseas de Helena

Después de la osadía
del viaje,
con sus sueños del aire
más allá de las peripecias
secretas de las travesías,
como un murmullo
o el bramido suave del bosque,
he llegado a tu rostro
como quien llega al amor.

De pronto,
tus ojos
claridades ondulantes,
ríos sin nombre
como el sueño de Dios sobre tus párpados.

Me acerco a tu frente.
Como una ciega reconozco
la tierra, sus inconclusas
geografías, sus guerras de sombras rojizas.

Soy tu casa,
el corazón
del bosque,
al mar líquido
de tus ojos,
tu lengua,
la mía.

The odysseys of Helena

After the audacity
of travel,
with her dreams of air
beyond the secret
vicissitudes of the crossings,
like a murmur
or the soft howling of the forest,
I have arrived at your face
like someone who has found love.

Suddenly,
your eyes,
undulating lights,
rivers without names,
like God's dream over your eyelids.

I approach your forehead.
Like a blind woman, I recognize
the earth: its unfinished
geography, its wars of reddish shadows.

I am your abode,
the heart of
the forest,
the liquid sea
of your eyes,
your tongue,
mine.

Quiero recorrer tu
memoria,
indagar linajes.
Déjame reír contigo.
Ser cristal
entre el muro de tus
labios.

I want to embrace your
memory,
to seek out your lineage.
Let me laugh with you.
Let me be a crystal
upon the wall of
your lips.

Helena sueña con el viento

Más allá de los regresos
y las huellas
de un caminar errado
fui recogida por el viento
reconocida ante sus caricias.

Danzando tras los umbrales
el viento me descubre
plena y sola
ante el signo de sus murmullos.

Ven
me dijo
el viento
sobre el árbol
y yo acudí
ante esa llamada
como una memoria
sagrada.

Helena dreams with the wind

Beyond the returns
and the trails
of a misguided walk
I was lifted by the wind,
recognized by its caresses.

Dancing in the doorway,
the wind finds me
complete and alone,
before the sign of murmurs.

Come,
the wind
told me
from above the tree,
and I answered
that call
like a sacred
memory.

Helena Broder contempla el cielo

I

Mirando el cielo
supe entonar las fugitivas palabras
del amor.

II

Todo claro
y luminoso,
el cielo como un racimo
entre las estrellas.

III

Era una ciudad imaginaria,
el cielo
donde anidaban los nombres
de los muertos y los vivos.

IV

De todas las ocupaciones
ella cultivó el arte de mirar
al cielo
supo reconocer las estrellas
como quien reconoce el paso del amor.

Helena Broder contemplates the sky

I

Looking at the sky
I learned to sing the fugitive words
of love.

II

Everything clear
and luminous,
the sky clustered
with stars.

III

It was an imaginary city,
the sky,
where the names of the living
and the dead nested.

IV

Of all the occupations,
she cultivated the art of looking
at the sky,
she learned to recognize the stars
as someone who recognizes the passing of love.

V

Por las noches
cuando la luz del viento
es un pequeño canasto de fuegos
inclino mi cuerpo
sobre la tierra
elevo con suavidad
la vista
al cielo,
un estrella dorada
sobre la esperanza.

V

At night
when the light of the wind
is a small basket of fire
I recline my body
over the earth,
softly, I raise
my eyes
skyward,
a golden star
of hope.

Helena Broder y Dios

La abuela reconoció
la dirección precaria
de Dios
mientras sus manos tatuadas
se hundían en
un manojo de lilas
y el viento abría sus venas claras.

Danzantes,
hospitalarias
las manos recorriéndose
y desvistiéndose.
Regreso a nuestras manos
porque de ellas
emergen los manantiales de las palabras,
recuerdos de la ya vivida memoria
y el desconocido tiempo del azar.

Helena Broder and God

Grandmother recognized
the precarious dwelling place
of God
while her tattooed hands
were buried
in a bouquet of lilacs,
and a wind swept through her clear veins.

Dancing,
welcoming,
our hands touched,
undressed themselves.
I return to our hands
because from them emerge
the sources of words,
remembrances of living memories
and the vicissitudes of time.

Para tus manos

Abuela, me gusta jugar con tus manos, pequeñas orillas del
olvido. Te miro y me pregunto: ¿qué guardabas en ellas? ¿A
quién acariciaste cuando niña? Tus manos, hojas estivales,
donde descansa la noche. Tu madre besaba tus manos por las
noches como yo lo hago ahora. Son tan pequeñas que se
deslizan en las mías. Tienen bordados y tus dedos son alas de
luciérnaga. De pronto, tus manos dejaron de presagiar regresos
desde los balcones de Viena. No hacías señas. Todo lo contrario, había que disimular y ser transparente para que nadie se
entere de tu origen o del regalo de Dios sobre tus ojos.

Abuela, ¿a quién besaste aquella noche? ¿A quién le diste
por última vez la mano al salir de aquella casa de Viena donde
habías plantado lilas y albahacas y la canasta de fruta reposa
aún sobre la mesa? ¿Adónde se fueron los judíos de tu cuadra?
¿Qué pasó, abuela, con las flores del sábado? Abuela, ¿cuándo te
convertiste en paria?

¿Es muy dulce tu quietud o giras sobre el torbellino de
humos sagrados? Llevas días recostada sobre el tiempo y tus
manos son hojas clarividentes, galerías ajenas a la presencia de
esta cotidiana mañana donde te saludan las criadas y tu hijo te
besa de madrugada. Estás entre nosotros, pero también recor-
riendo bosques de lilas, el rincón del parque donde com-
prendiste la placidez del recato, donde se asentaron ciertas imá-
genes que ahora tú recreas en tu silencio. Sobre la mesa de
madera, los gorriones, la frágil primavera de tus vestidos color
cielo y tú también abuela, miras al cielo y vuelves a preguntar
por aquellas hermanas, por esas últimas voces vecinas a la
muerte mientras entonas los cánticos de un Dios ausente.

For your hands

Grandmother, I like to play with your hands, little borders at the edge of forgetfulness. I see you and ask myself: what did you preserve in those hands? As a child, whom did you carress? Your hands, summer leaves where evening rests. Your mother kissed your hands at night just as I do now. They are so small that they are lost in mine. Embroidered with age, your fingers are like the wings of fireflies. Then all at once, your hands ceased to foretell returns to the balconies of Vienna. You made no sign. On the contrary, you pretended to be transparent so that no one could see your origins or the gift of God over your eyes.

Grandmother, who did you kiss that night? Whose hands did you hold for the last time when you left that house in Vienna where you had planted lilacs and basil, and where you left the fruit basket on the table? Where did they go, the Jews of your neighborhood? Grandmother, what happened to the Sabbath flowers? Grandmother, when did you become a pariah?

This calm exterior is almost too sweet, or is it that you will turn into a whirlwind of sacred smoke? You have sunk into those times for days on end, your hands like clairvoyant leaves, like galleries you inhabit, unaware that here the maids greet you daily and your son kisses you at dawn. You are among us, but you are also crossing again the lilac forests, the corner of the park where placid modesty was understood, where certain images were formed that you now recreate in silence. Sparrows, the fragile spring of your sky-colored dresses, and you also, grandmother, look up from the wooden table at the sky and ask once more about those sisters, those last voices nearing death while you sing songs about an absent God.

Hoy te veo quieta y movediza, recortando papelitos, haciendo figuras de aquellos rostros similares al mío; rostros de miedo y humo, envueltos en este esfuerzo por recordar, y tu memoria, un altar.

Today I see you quiet yet restless, snipping paper, making silhouettes of those faces like mine; faces of fear and smoke, caught up in the effort to remember, and your memory becomes an altar.

Omamá Helena

Llego del colegio y pregunto por ti. ¿Dónde está mi
Omamá? Las criadas se mofan de tu nombre y me dicen: "es la
vieja Helena a la que buscas?". Para mí eres mi Omamá. No
comprendo cuando hablas en alemán con tu hijo. Me parece
que se han enfurecido y luego llega mi madre y también habla
ese idioma extraño que sólo hablan al estar contigo. Es dulce y
a la vez un látigo silencioso cuando te conversa en alemán y tú
la tomas de las manos y tus manos con manchas pequeñas se
confunden con las manchas pequeñas de ella. Has vivido junto
a mi madre desde que tu barco luminoso con alas enormes cam-
bió el rumbo de tu vida y nuestra historia. Ha sido mi madre
que ha dibujado estas primeras letras en tu cuaderno de ter-
ciopelo. Yo te canto en español y meces tu cabeza y tu cabello,
abuela, es una cascada de pájaros salvajes.

¿Por qué nunca hablas este idioma tan cantado, este castel-
lano de reinas y criadas? ¿Estas palabras en pequeñito? ¿Por
qué sólo le hablas a las criadas en español? ¿Pensarás que tan
sólo a ellas les pertenecen esas sílabas, esas letras del sur del
mundo?

Abuela, mi lila flotante del Prater, me gusta llamarte
Omamá cuando abres los sobres oscurecidos que anuncian otras
muertes en tu idioma. Luego de leerlas regresas a tu cama para
rezar en tu sueño por las mujeres de luto con zapatos negros y
sombreros de velorios.

Omamá Helena

I arrive home from school and ask for you: Where is my Omamá? The maids make fun of your name and they ask, "Is that old Helena you are looking for?" To me you are my Omamá. I do not understand it when you speak German with your son. You seem infuriated, but then my mother arrives and she too speaks in that strange language that they will only utter in your presence. It is sweet and, at the same time, a silent whip when my mother speaks in German—you take her by the hands and your small freckles blend with her small freckles. You have lived next to my mother since your luminous ship with its enormous wings changed the direction of your life and our history. It was my mother who wrote the first letters in your velvet notebook. I sing to you in Spanish and you sway your head, and your hair, grandmother, is a waterfall of wild birds.

Why do you never speak this language, like a song, this Castilian of queens and servants? These diminutive words? Why do you only speak Spanish to the servants? Do you think that these syllables, these letters of the Southern world, belong only to them?

Grandmother, my floating lilac of the Prater, I love to call you Omamá when you open the age-darkened envelopes that announce other deaths in your language. After reading them you go back to your bed to pray for the women in mourning with black shoes and formal hats.

El cuarto de la memoria

Me invitas a entrar al cuarto o es mi madre la que me
cuenta de tu alcoba. . . . Entonces mi memoria junto a la de ella
son dos voces conmovidas ante la sinuosidad del recuerdo.
Vivías con tu hijo Joseph. Tu otro hijo se había casado con una
extraña, no judía. Eso tú no lo decías porque decías que callar
es oro. Simplemente preferías la casa de Joseph, donde se pre-
sagiaban las fragancias de las fiestas. Te gustaba su loca bondad
y sus fábulas excéntricas. Nunca tuviste preferidos. Esa no era
tu historia. Sin embargo, tú eras una reina, con tu mirada de
maga, con tus sabios refranes. ¿Callaste abuela cuando el vecino austriaco con el uniforme de los Nazis llegó a tu casa? ¿Hay
Nazis en Chile, abuela?, te pregunto incrédula y tú tan sólo
meneas la cabeza, también incrédula.

Déjame recordar tu cuarto frente a la palmera que evoce a
los vientos de Dios y sus ángeles sobre la tierra. Tu cuarto fue
compartido con mi madre hasta que ella se casó. Nunca durmió
sola ni lo hace ahora, pero me contaba que tenías dos cubrecamas de felpa rojizo y sobre la cabecera el Talmud y una meno-
ra. Dices que mirabas todas las noches hacia el cielo, hacia la
tierra de promisión y tus manos se llenaban de luz. ¿O era tal
vez tu alma que era llamada por los vientos de Dios?

Tu cuarto no se parecía a lo de los chilenos, decía mi
madre. La felpa, las jarras de agua, el tintero y las velas transparentes no era de esta América. Habías traído a tu Viena y sus
lilas. Habías traído el edredón de plumas, viajado en todas las
tormentas, y te sentías cómoda en esta confusión, con estos
secretos y en esta alianza que ahora la haces mía. Sin saber en
qué lugar te mecías, si llegabas o partías, si eras extranjera o
piedra de historias permanentes.

The room of memory

You invite me into your room—or it is my mother who tells me about your bedroom. . . . Then, my memory together with hers are two voices moving in the sinuous harmony of remembrance. You lived with your son, Joseph. Your other son had married a stranger who was not Jewish. You never mentioned it because you believed that silence was golden. You simply preferred Joseph's house, always filled with festive fragrances. You loved his absurd generosity and his eccentric fables. You never played favorites. That was not your way. Without a doubt, you were a queen among us, with your magician's gaze and your wise sayings. Were you silent, grandmother, when the Austrian neighbor with his Nazi uniform came to your house? Incredulously I ask: Are there Nazis in Chile, grandmother? You simply shake your head, also incredulous.

Let me remember your room in front of the palm tree that evokes the winds of God and your angels over the earth. You shared your room with my mother until she got married. She never slept alone, not even now. You told me that you had two bedcovers of red plush and, over the headrest, a Torah and a menorah. She said that every night you looked up to the sky, to the land of promises and your hands filled with light. Or was it that your soul was called by the winds of God?

Your room was not like a Chilean's room, my mother used to say. The blankets, the water jars, the inkwell and the luminous candles were not from this America. You brought your Vienna and its lilacs with you. You brought the down coverlet, that had survived all the storms, and you were comfortable in this confusion, with these secrets and this alliance with the past that you have made mine. No one knew your place here, if you came or left, if you were a foreigner or a stone of permanent histories.

A la llegada del colegio, qué gloria encontrarte con esa permanencia de rocas y espasmos suspendidos. Te besaba las manos, te desataba el cabello y tú te resignabas en esa paz de las mujeres sabias y encendías las lámparas como quien enciende las moradas de Dios.

When I came home from school, what a glory to find you unchanged, as permanent as rock. I kissed your hands, unbraided your hair, and you accepted it with that peace of wise women everywhere. Then you lit the lamps like someone lighting the dwellings of God.

Diminutos son tus pies, Helena

Te escucho deambular por el
cuarto como quien
pisa el abismo de los sueños,
sonámbula y
descalza por las maderas
de esta tierra del sur.
Diminutos son tus pies, Helena Broder,
gigante tu estrella
y milagrosa tu salvación.

Escucho tras las noches eléctricas
tus gestos.
Estás a salvo abuela, te digo.
Me susurras en el oído
rezos, cantos en el idioma del enemigo
y lloras a borbotones
mientras me dices
"*Meine liebe, meine liebe*".
Yo digo el Ave María en
el idioma de los indios.
No lo reconoces
pero cantas como en un rezo.

Como una testigo muda
aprendo tu idioma
me inclino sobre las palabras que has tocado,
al igual que mi madre,
que cepilla tu cabellos,
que urde trenzas y cenizas de ámbar.

Your feet are tiny, Helena

I hear you walking
across the room like someone
tiptoeing over an abyss of dreams,
sleepwalking with bare feet
on the wooden floors
of this southern land.
Your feet are tiny, Helena Broder,
but your star is gigantic,
and your salvation simply miraculous.

I hear you moving about
after the electric nights.
You are safe grandmother, I tell you.
You whisper in my ear
prayers, songs in the enemy's language,
and you cry waterfalls
while you call me
"Meine Liebe, meine Liebe."
I say a "Hail Mary"
in an Indian tongue.
You do not recognize it
but chant as if praying.

Like a mute witness,
I learn your language,
I lean over the words you have touched,
just like my mother
who brushes your hair,
weaving braids and amber ashes.

Helena y el invierno

Abuela, has comenzado a girar sobre esta casa en llamas como en estupor. Dicen que lo haces con la llegada de los inviernos. Amarras las escasas pertenencias, perfume de lilas vacío, un violín imaginario con olor a eucalipto, unas arrugadas monedas de oro que llevas escondidas en el escuálido vientre adormecido, los candelabros silenciosos de los sábados y giras, abuela, muda en un dolor ajeno al mío y al de los otros. Te asomas a las ventanas y a las puertas canceladas. Gritas nombres de mujeres que no llegaron contigo a esta patria dulce y de pacíficos intensos. Entonces, después de la vocación, de tu búsqueda, después de estas dichas que emiten nombres en tu garganta jubilosa, decides cubrir todos los espejos y le preguntas a un Dios remoto que por qué no te ayudó en la batalla. "¿Israel, por qué me dejaste?"

Has desatado tu cabellos abuela como lo haces todas las noches, para comenzar con el rito del sueño. Dejas la almohada de plumas reposando sobre tu cama de felpas rojizas. Extiendes el camisón de algodón recién planchado. Te miramos con extrañeza, pero a la vez felices que todas las noches recorres los mismos lugares, las pequeñas travesías de tu mesa redonda a la cama reposada que aguarda ansiosa la llegada de tu cuerpo tan solo. Ya nadie te abraza por las noches, abuela, tan sólo el recuerdo o lo que olvidas, porque aquel mundo querido nunca fue tuyo y el que tienes ahora no lo reconoces. Sólo aguardas la mañana, los periódicos de la guerra, las cartas de la Cruz Roja que no llegan y tus candelabros del sábado se estremecen, y también sacuden sus lamentos.

Helena and winter

As if in a trance, grandmother, you have begun to rearrange the whole house. They say you do this with the arival of winter. You stack up your scarce belongings, the empty perfume of lilacs, an imaginary violin with the scent of eucalyptus, some shriveled gold coins that you carry hidden in your used up, sleepy womb, the silent candelabra of Shabbat, and you turn, grandmother, mute with a pain beyond what I or others might ever know. You lean on the windows and locked doors. You call out the names of women who did not arrive with you in this homeland with its intense Pacific blue. Then, after you finish this ritual, after your search, after this happy chance that brings names to your joyful voice, you decide to cover all the mirrors and you ask a remote God why he had not helped you in your battle. "Oh Israel, why have you forsaken me?"

Grandmother, you have undone your hair as you do every night to begin the ritual of sleep. You leave the feather pillow lying on your bed of red blankets. You shake out your freshly ironed cotton nightgown. We watch you with surprise, delighted that every night you visit the same places, the small crossings from your round table to the bed, anxiously awaiting the arrival of your body, so alone. No one embraces you at night any more, grandmother, just memory or what you have forgotten, because that beloved world never truly belonged to you, and the one you have now you do not recognize. You wait only for the morning, for newspapers of the war, Red Cross letters that never arrive, and for your trembling Saturday candelabra that also shakes with its lamentations.

Pesaj en Chile

Esta noche,
distinta a las
demás noches,
regresa la primavera
a sus dominios de jazmines.
Esta noche,
distinta a las
demás noches,
nos inclinamos sobre los lugares
donde la memoria
de otro tiempo
también se reclinaba.
Nuestro aprendizaje yace en el canto.

Los más jóvenes
preguntan:
¿por qué ésta noche
no es como las demás noches?
Los mayores repiten:
porque también nosotros fuimos esclavos
en las tierras de Egipto
y el jazmín unta los labios
y el canto es fragancia.
Nuestro aprendizaje yace en el canto.

Mi hijo lee de la Hagada.
Le respondemos.
Trenzas de voces,
jardines inquietos
como palabras

Passover in Chile

Tonight,
unlike any
other night,
spring returns
to its jasmine dominions.
Tonight,
unlike any
other night,
we contemplate the places
where the memory
of another time
also sleeps.
What we have learned springs forth in song.

The little ones
ask:
Why is tonight
unlike any other night?
The elders repeat:
Because we were also slaves
in the land of Egypt,
and jasmine moistens the lips
making the song fragrant.
What we have learned springs forth in song.

My son reads the Haggadah.
We respond with
braided voices,
restless gardens
like words

y es esta historia un gesto en el regazo
del origen.
Nuestro aprendizaje yace en el canto.

Tu hija abre la puerta,
para que lleguen los extranjeros,
las mujeres con canastas vacías.
Mi hija abre la ventana para soñar
con los tiempos de la miel y del trigo,
o un cielo abierto como el Alef,
cielo de las fronteras imaginarias.

El cielo es distinto esta noche,
no es como las otras noches,
alado, cubierto del rezo,
suave como un canto sobre la
sombra de Dios.
Nombramos las estrellas
y repetimos el nombre de aquellos campos
donde nosotros también morimos:
Bergen Belsen, Dachau, Treblinka
Auschwitz.

Esta noche es como todas las otras noches
soñamos con el amor
o el tiempo donde las mujeres recogían olivos
y cantaban entre los umbrales de arena.

El anciano de la mesa redonda,
un rey Arturo judío
murmura, gime o reza.
Bendice el vino y sus lumbres,
la tierra y sus antorchas de fiesta.

and this history is a gesture in the lap
of our beginnings.
What we have learned springs forth in song.

Your daughter opens the door,
for the arrival of the strangers,
the women with empty baskets.
My daughter opens the window to dream
of the times of wheat and honey,
or of an open sky like the Aleph,
limitless heavens.

The sky is different tonight,
not like the other nights,
wingèd, covered by prayers,
soft like a song over
the shadows of God.
We name the stars
and repeat the name of those camps
where we also died:
Bergen Belsen, Dachau, Treblinka,
Auschwitz.

Tonight, like every other night
we dream of love,
or of the time when women gathered olives
and sang among the sandy doorways.

The old man of the round table,
a Jewish King Arthur,
whispers, moans or prays.
Sanctifies the wine and its lights,
the land and its festive torches.

Cantamos
inclinados
sobre la Hagada de Sarajevo o de Alejandría
y el viento de Dios recorre
nuestras mejillas
untadas por la sal,
agradecidas y plenas.

Esta noche tan distinta a las demás noches;
esta noche donde yo te amo, extranjero,
mi cuerpo te recibe
como si tú fueras también un pueblo perdido.

We sing
leaning above
the Haggadah of Sarajevo or Alexandria
and the wind of God passes over
our cheeks
annointed by salt,
grateful and satisfied.

This night, so different from all the other nights;
this night where I love you, foreigner,
my body receives you
as if you were also a lost people.

Tora

Como agua viva
y huerto sembrado,
enhebro mi mano
sobre tu rostro
en el acto de la fe.

Danzas ligeramente sobre los que amas.
Eres una reina cautelosa.
Haces pequeñas reverencias.
Eres cascabel que anuncia lo sagrado de cada día,
cargadora fugaz de rituales.

Segura en tu peregrino quehacer,
toda vestida de colores
te despliegas.
Eres un soplo sobre
los párpados de dios,
un viento sobre los olivares.

Te beso en tu cima clara.
Toda turbia me ruborizo ante
la mutua presencia.
Eres novia del sábado
el libro de Dios;
el libro de los hombres:
Tora,
dorada y vacilante
en tu alfabeto
soy un creyente que baila en mil espejos.

Torah

Like living water
in a fertile orchard,
my hand traces
your face
in a gesture of faith.

You dance nimbly among those you love.
You are a cautious queen,
making small curtsies.
You are a bell announcing the sacredness of day,
fleeting carrier of rituals.

Confident in your pilgrim life,
dressed in colors,
you unfurl.
You are a breath
over the eyelids of God,
a breeze over the olive trees.

I kiss your noble head.
Aroused, I blush before
the mutual presence.
You are the bride of the Sabbath,
the book of God,
the book of men:
the Torah,
golden and staggering
in your alphabet
I am a believer dancing in a thousand mirrors.

Los cuadernos de direcciones de Helena

Has guardado tus pertenencias
la blusa de encaje lila
que hace juego con tu cabello
de hada sabia y antigua.
Has preparado tu valija
 y el cuaderno de direcciones
en tu brazo.
¿A quién buscas, Helena Broder,
después de la guerra?
¿A quién encontrarás en esas direcciones
dobladas,
en esas casas que no se encuentran?
¿Qué pasos danzaron por
tu jardín?
¿Qué vecino te delató
mientras podabas las rosas?
¿Quién habrá regado tus geranios?
¿Adónde vas
Helena Broder
después de la lluvia
y la desierta puerta de las guerras?
Un viento negro te cobija.
Voces mudas te aguardan.
El cuaderno de direcciones arde.

Helena's address books

You have hidden away your belongings,
the lilac lace blouse
that matches your hair,
the hair of a wise and ancient fairy.
You have prepared your suitcase
and the address book
in your arms.
For whom are you searching, Helena Broder,
after the war?
Whom will you find in those
folded addresses,
in those houses that cannot be found?
What steps danced in
your garden?
What neighbor betrayed you
while you trimmed the roses?
Who may have watered your geraniums?
Where are you going,
Helena Broder,
after the rain
and the deserted door of the wars?
A black wind protects you.
Mute voices await you.
The address book is burning.

Creí que eras un ángel, Helena

Creí que eras un
ángel
a tientas por los
corredores,
una huésped
extraña a
tus propias pertenencias.

Creí que eras un ángel
que reza mientras atraviesa
corredores vacíos,
vidas perplejas y cantos como rezos cálidos.
Pero eras tú, Helena Broder,
vagando por la noche
por tu casa de la memoria,
una cámara secreta,
escribiendo palabras que se deslizan
en el silencio
que desvaría ajena tras los cuartos quebrados.
¿A quién buscabas tan leve y pequeña
con tu camisón blanco
y una linterna diminuta?

Creí que eras un ángel
y jugué a descubrir cada uno
de tus mensajes,
mensajera de la vida breve,
de la memoria frágil,
jardinera de flores nocturnas.

I thought you were an angel, Helena

I thought you were
an angel
groping your way
down the hallways,
a stranger
among your own
belongings.

I thought you were an angel,
praying while you wandered
through empty hallways,
perplexed lives, and songs like soft prayers.
But it was you, Helena Broder,
roaming at night
in the house of memories,
in a secret chamber,
writing words that
slide into silence,
delirious, facing the shattered rooms.
Who were you looking for, so light and small,
in your white nightgown
and your tiny lantern?

I thought you were an angel
and I played at trying to discover
each one of your messages,
messenger of the intense life,
of the frail memory,
gardener of nocturnal flowers.

Los sueños de Helena Broder

¿Abuela, por qué sueñas con mujeres rapadas?
¿Quién oye tu voz mientras rezas el rezo
de la noche y reposa el desierto de la noche
sobre tu cabellera de humo?

Hoy llueve sobre el sur de Chile.
Aprendes a nombrar los pájaros,
los cerros de campos despoblados.
Viena es lejana en tu memoria.
Has dejando atrás tus palabras
en los bosques de cenizas.

Helena Broder's dreams

Grandmother, why do you dream with shorn women?
Who hears your voice when you say the evening prayer
and the desert night comes to rest
upon your smoke-gray hair?

Today there is rain all over southern Chile.
You learn to name the birds,
the hillsides' empty meadows.
Vienna is far away in your memory.
You have left your words behind
in the ashen woods.

Las lilas del Prater

En el traslúcido
regreso
de las estaciones
vuelven a florecer
las lilas,
claros incendios
color violeta.
Almanaques de certeza.

Las planté para ustedes,
Joseph Halpern
y Helena Broder.
Quise recordar vuestra Viena,
el espejo clarividente de tus años
ligeros.

Tanto me cantabas de tu parque,
que desnuda y ebria de sueño
como en esa noche de amor
creí haber llegado a tu ciudad
que guardaba para mí ramos de lilas,
blancas como las novias buenas,
lilas como las mujeres encendidas.

Mi jardín
tiene el nombre de ambos
y es un bosque tupido de premoniciones.
Recibe a los extranjeros
y a los viajeros inciertos,
sabe perdonar.

The Prater lilacs

In the translucent
return
of the seasons,
the lilacs
bloom once again,
bright violet
flames:
Almanacs of certainty.

I planted them for you,
Joseph Halpern
and Helena Broder.
I wanted to remember your Vienna,
the clairvoyant mirror of your
younger years.

You sang so frequently of your park,
that naked and inebriated with sleep,
like in that night of love,
I thought I had arrived to your city
that held bouquets of lilacs for me,
white like good brides,
lilacs like women on fire.

My garden
is named after both of you
and it is a forest thick with premonitions.
It welcomes foreigners
and uncertain travelers,
and it knows to forgive.

Los mapas del amor

Alucinada, junto a la asombrosa
rotación de la mano
busco a mi país.
El mapa yace recostado
sobre una mesa consumida y distante
en los dominios perdidos del exilio.

Busco a mis ríos
desfigurados y amarillos
en esta geografía frágil del exilio.
No encuentro a mis amados Andes
desparramados y azules.
Encuentro ciudades que amé y en donde fui amada.
Otras permanecen ausentes.
Las dejé casi como en el tiempo fugitivo.
Marco parajes donde leí mi primer poema,
cuando besé fugitiva y estremecida.

La cartografía indica precisos
parajes, valles olvidados
montañas y grutas,
ciudades donde la historia
irrumpió su destino atroz.
Yo busco lo que el mapa esconde:
lo que no dicen las fronteras amarillas
patios y limoneros,
caricias y lenguaje amado,
un silencio tibio de brisas,
la llegada a la casa de la playa

Cartographies of love

Confused, close to the amazing
sleight of hand,
I search for my country.
The map rests
on a well worn table,
far away in the lost dominions of exile.

I search for my rivers
disfigured and yellow
in this fragile geography of exile.
I cannot find my beloved Andes,
scattered and blue.
I find cities I loved and where I was loved.
Others remain absent.
These I left as if I were a fugitive.
I trace places where I read my first poem,
when I kissed furtive and trembling.

The mapmaker's art indicates
precise landscapes, forgotten valleys,
mountains and grottos,
cities where history's
horrible fates erupted.
I search for what the map hides:
for what the yellow borders do not say
courtyards and lemon trees,
caresses and the language of love,
a warm silence of breezes,
the arrival at the house by the sea,

con la sal en el rostro
con la memoria del agua que
es un cielo de palabras.

Aquí tan lejos
el mapa es un hallazgo misterioso.
Me asegura que vivo en
otro hemisferio, que
esta lengua que hoy hablo no es la mía
ni yo soy yo en ella.

Yo fui de otros ríos,
de un caminar mesurado y centelleante,
una adolescencia de brumas y fuegos salvajes.

Este mapa me asegura
la permanencia de mi propia dudosa
supervivencia,
pero no tiene mi historia.
Alucinada me encuentro en
una geografía que no es la mía.
Recibo postales a una dirección donde creo que vivo
y donde nadie me visita.

Sigo buscando con una fe enloquecida
lo que fue de aquella casa
con puertas llenas de dicha
y persigo mi uniforme azul de colegio
muerto en alguna silla escuálida.

with salt upon my cheeks,
with the memory of water
like a sky of words.

Here, so far away,
the map is a mysterious discovery.
It assures me that I live in
another hemisphere, that
this language I speak today is not mine
nor am I myself in it.

I was of other rivers,
fro a path measured and twinkling,
an adolescence of mists and wild fires.

This map assures me
of the impermanence of my own
doubtful survival,
but it does not show my history.
Confused, I find myself
in a borrowed geography.
I receive postcards at an address where I think I live
and where nobody visits me.

I search with a faith grown vexed:
what became of that house
with its joyful doors?
I search through my blue school uniform,
lying dead on some wobbly chair.

El corazón salvaje de la noche

En el corazón salvaje de la noche, eres una rapsodia aban-
donada. Oigo tus pasos, ecos y sombras arrastrándose sin
rumbo, piernas adelgazadas y doloridas. Eres tú, abuela mía,
acechando a los fantasmas y a los ángeles de la muerte.

Tu pelo se adelgaza y es una ola atravesada por claras
espumas. Todo lo tuyo se ha vuelto transparente. Caminas ligera, flotas entre las brumas. Tu mirada ya no es de aquí. Pareces
una estampa de una anciana o niña alucinada. No distingo si
regresas a los orígenes con tu pelo abierto como cascada. Tu
constante asombro, tu mirada desplazada hacia los mares del
norte. ¿Adónde regresas abuela cuando nadie puede reconocer
tus palabras? ¿Por qué repites que has estado en los de jardines
de Auschwitz?

The wild heart of the night

You are a rhapsody abandoned in the wild heart of the night. I hear your steps, echoes and shadows wandering off, thin and painful legs. It is you, dear grandmother, waiting for ghosts and the angels of death.

Your hair is thinning and it is a wave penetrated by clear foam. Everything about you has become transparent. You walk lightly, floating in the mist. Your gaze is no longer of this world. You resemble the portrait of an old woman or an imaginary girl. I cannot tell if you are returning to the origins with your cascading hair. In constant astonishment, your gaze is turned toward the northern seas. Where would you return to, grandmother, when no one can recognize your words? Why do you repeat that you have been in the gardens of Auschwitz?

La carta de Helena Broder

I

Encendida y deseosa
la aguardo como
quien reconoce las
danzantes acrobacias
del amor.
Inclinada, amatoria
la pienso,
la oigo,
la siento sonora y dulce
como la memoria
irreverente.

II

Esta carta,
una cascada luminosa
de sueños.
Sé que está viajando,
que ha cruzado innumerables
distancias,
que su destino no es el de las
fronteras
ni de los policías desalmados.
Ella es ágil, sedosa,
coqueta, centelleante.

Helena Broder's letter

I

Burning with anticipation
I wait for it like
someone who recognizes the
dancing acrobatics
of love.
Swooning, loving,
I think of it,
hear it,
resounding and sweet
like an irreverent
memory.

II

This letter,
a luminous cascade
of dreams.
I know its journeys,
that is has crossed
incredible distances,
that its destiny is neither
war-torn borders
nor heartless policemen.
It is agile, silky,
coquettish, sparkling.

III

Ella demora en sus peregrinaciones,
pero ama esa lentitud
y esa tierna espera tan sin premura,
esa espera como los lazos del aire.

De pronto
alguien la trae hasta mi puerta
en todos los calendarios,
más allá de todas las estaciones
y me perfumo toda
antes de abrirla.
Me preparo toda
en ese instante
violeta,
como quien aguarda al viejo amor sin escrúpulos,
sólo las pasiones viajan.
Me siento en el cuarto más secreto
donde ardían tan sólo mis buenos y perversos deseos.
Allí en un manto de hojas del siempre otoño,
entre las luminosas espesuras
de la paz y el insomnio,
la abro.
Lleva la letra de amigos y conocidos.
Alguien la labró con sus manos del rey labriego,
de preso.
Me dicen que es de un leproso,
de un preso,
de un amante clandestino.
Lleva las más bellas imperfecciones de las letras,
como los destinos.

III

The letter takes its time as it wanders,
but love is slow
and this affectionate waiting, without pressure,
this waiting is like ribbons of air.

Suddenly,
somebody brings it to my open door
throughout the year,
beyond all seasons
and I sprinkle myself with perfume
before opening it.
I prepare myself completely
in that violet
instant,
like someone waiting for an old love without scruples,
only the passions travel.
I sit in the most secret of chambers,
where only my good and perverse desires are ablaze.
There, beneath a perpetual blanket of autumn leaves,
amid the luminous thickness
of peace and insomnia,
I open it.
It bears the handwriting of friends and acquaintances.
Somebody traced it with the hands of a peasant king,
of a prisoner.
They tell me that it is from a leper,
from a prisoner,
a clandestine lover.
Beautiful imperfections mark the writing,
like destinies.

Me detengo en sus oleajes,
en sus grandes y pequeñas anécdotas.
Entonces, después de las numerosas lecturas
después de meditar las posibles verdades,
la guardo en mi corazón,
en mi bolsillo encantado,
en las alcobas de mi alma que canta.

IV

Es tu carta,
o tal vez la mía,
viajada, sorprendida, cercana y lejana.
Es una carta amada
que llega a las puertas de mi casa,
que es el pequeño palacio de todos los secretos.
Es una carta
como el impaciente timbre de la lluvia,
como las hojas,
las plumas,
las alegrías de la fe.
Está tallada en letras de árboles y pájaros.
Es una carta de alas,
una carta de bosques y magas invisibles.
Yo la leo
en voz alta y secreta
y me alegro que haya caído en la cavidad de mis manos
una carta de amor, para estos labios oscuros;
una carta,
para aplacar el futuro incierto;
una carta sin premura
como son todas las cartas:
el privilegio del amor.

I pause before its waves,
its large and small anecdotes.
Then, after numerous readings,
after meditating on the possible truths,
I guard it in my heart,
in my enchanted pocket,
in the chambers where my soul chants.

IV

It is your letter,
or maybe mine,
traveled, surprised, near and far.
It is a beloved letter
that arrives at the door of my house,
the small palace of all these secrets.
It is a letter
with all the impatient drumming of rain.
It is like leaves,
feathers,
the joys of faith.
A letter of birds and trees.
A wingèd letter,
a letter of forests and invisible sprites.
I read it
aloud and secretly
and I am happy that it has fallen into my hands
a love letter, for these dark lips;
a letter,
to appease the uncertain future;
a letter written without haste
like all letters are:
the privilege of love.

La ceremonia del adiós

I

Entra el día a tus ojos
velados por la quietud sagrada
de una muerte deseada.
Tu hijo cubre los espejos,
las gruesas maderas del portón
gimen por tu ausencia.
Te llevan de la casa, Helena Broder.
Pareces una diadema
en tu cama de tules y edredones.
Mamá está muda,
como una niña
perdida en las cenizas..

II

Me despido de lejos, Helena.
Me han dicho que los niños
no deben ser amigos de la muerte.
No me dejan ni besar esa frente,
esos cabellos de sedas claras
que tantas veces se enredaron en mis manos,
más grandes que las tuyas.

III

Te vas, Helena Broder
y las palomas ya no regresarán al balcón

The rite of goodbye

I

The day passes by your eyes,
veiled by the sacred stillness
of a welcome death.
Your son covers the mirrors,
the heavy wooden gates
bemoan your absence.
They take you from the house, Helena Broder.
You look like a diadem
in your bed of tulles and eiderdowns.
Mother is mute,
like a young girl
lost in the ashes.

II

I say goodbye from afar, Helena.
They always say that children
should know little of death.
They do not even let me kiss your forehead,
those locks of clear silk
so many times entangled in my hands,
always bigger than yours.

III

You leave us, Helena Broder
and the doves will not return to the balcony,

y tan sólo la ausencia de tus pasos,
sólo la ausencia de tus cantos.

Pasan los años, Helena.
Nos hemos mudado de país
y de idioma,
maneras de saludar y amar.

El espejo fabricó un rostro más turbio
y el cielo que antes mirábamos
es un parche desconocido.

Te he añorado todos estos años, Omamá Helena.
Regresé a Viena
para reconocerte en un cuarto de prohibidos hoteles.
No te vi en el rostro de las otras ancianas.
Eran ellas las que te habían matado y traicionado.
Las supe perdonar y no perdonar.
Callé mi ira
y por las noches encendí velas del Sabbath.
Conjuré a tus primas,
soñé de vientos y bosques muertos
y sobre todo,
bendije tu nombre
que me rozaba las manos
esas tardes de Viena.
Compartí tus pasos encantados
Con la memoria de la lluvia.

only the absence of your steps,
only the absence of your songs.

Years go by, Helena.
We have changed countries
and language,
ways of greeting and loving.

The mirror created a shadier face
and the sky that we once watched
is a foreign patch of grey.

I missed you all these years, Omamá Helena.
I returned to Vienna to find you,
to recognize you in some room in a forbidden hotel.
I did not find you in the faces of other old ladies.
They were the ones who have killed you, who betrayed you.
I learned to forgive and not to forgive.
I concealed my rage,
at night I lit the candles of the Sabbath.
I called your dead cousins,
dreamt of dry winds and dead forests
but more than anything
I blessed your name
that brushed my hands
those nights in Vienna.
I shared your enchanted steps
with the memory of rain.

Conversaciones con Dios y Helena Broder

Era muy breve el encantamiento,
asombrado el asombro
cuando me encontré con Dios
esta mañana.
Después de interminables hazañas y disputas
me reconcilié con su aliento,
con sus manos de viento
sobre mi nuca.

Le dije, soy lo
que soy.
Soy una judía
que se pelea
contigo;
una judía
que no comprende
por qué arden en mis ojos
las aldeas de Lituania,
las celdas de Terezin,
los cuerpos amontonados
de Rwanda.

Dios, sentado frente a mí
no dijo nada.
Enmudeció.
Anunció que era su presencia
sin respuesta,
aunque con interrogantes.

Conversations with God and Helena Broder

The enchantment was very brief,
rather I was astonished
when I met God
this morning.
After unending feats and quarrels
I reconciled myself with his breath,
with his hands of wind
over my nape.

I told him, I am
what I am.
I am a Jew
wrestling
with you;
a Jew
who does not understand
why they are burned into my eyes:
the villages of Lithuania,
the cells of Terezin,
the piled up bodies
of Rwanda.

God, seated in front of me,
said nothing.
He was silent.
He announced that his presence
held not an answer,
but rather questions.

Sin embargo,
la prueba más fuerte
de la supervivencia,
el milagro de ser,
fue sentir su aliento sobre mis palmas
y ser yo también estela de los orígenes.

Así como el amor que crece
y no se deshoja,
empecé a creer.
Recité un salmo.
Me acomodé el cabello
y canté.
El viento de Dios
me anunció las palabras.

Undoubtedly,
the strongest proof
of survival—the miracle of being—
was to feel his breath over my palms
and for me to be a path
to the origins.

Just like love that grows
and does not fade,
I began to believe.
I recited a psalm.
I fixed my hair
and sang.
The wind of God
announced the words to me.

Huellas

para Paul Nakazawa

Más que una memoria
o el sitial donde la memoria
reside como textura
más que una presencia
entre los fantasmas y los duendes centellantes,
entre las llamas,
en ese lugar de pozo movedizo,
encontré huellas,
tan solo huellas,
despojos, sílabas náufragas,
alfabetos calvos.

Trozos de memoria,
indicios y ángeles mudos.
Trozos, giratorios, un extravío, un murmullo,
huellas.

Más que la memoria,
las huellas de portones incendiados,
de calles, de ciudades,
tan solo huellas,
huellas sublimes,
de lo vanamente humillado,
huellas de los pasos heridos,
huellas de los maletines y el alma saqueade.
Huellas de un maletín azul.

Traces

for Paul Nakazawa

More than a memory,
or the place where memory
resides more like a texture,
than a presence,
among the flickering spectres and spirits,
among the flames
in that place of shifting puddles,
I encountered traces,
only traces,
cast-off, shipwrecked syllables,
shattered alphabets.

Fragments of memory,
vestiges and mute angels.
Traces, spinning, wandering, murmuring,
traces.

More than a memory,
traces of fiery portals,
of streets, of cities,
only traces,
sublime traces
of presumptuous humiliation,
traces of wounded steps,
traces of pillaged suitcases and a plundered soul,
traces of a blue suitcase.

Más que la memoria,
y la huella de esa memoria.
sentí una voz
que exigía el sagrado silencio
el silencio de la poesía,
el decoro de la poesía.

Tan solo una voz
sumergida,
una voz cuyo oficio
era solo el recuerdo,
la tenacidad persistente
del recuerdo.

Y en esa voz,
más allá de la zona frágil,
de la memoria
y la crueldad del silencio,
se convocaron los muertos y los vivos,
con sus pasos ágiles alrededor de las tumbas
y los vivos se deslizan como danzarines sabios
sobre estas tumbas de ciudades muertas
y nefastas.

En el transcurso de aquellas caminatas
repiten nombres que son el filo más helado del lenguaje:
Auschwitz, Dachau,
Treblinka.
"El trabajo los hará libres."

Y en esos nombres
la huella,
el presagio, el indicio, el párpado incendiado

More than memory,
and the remains of that memory,
I sensed a voice
that demanded sacred silence,
the silence of poetry,
the decorum of poetry.

Only a voice,
one engulfed,
a voice whose only purpose
was to remember,
the persistent tenacity
of remembrance.

And in this voice,
beyond the fragile bounds
of memory,
and the cruelty of silence,
the dead and the living are convened
to dance around the tombs,
and the living, moving deftly like wise dancers,
over those graves of dead
and dreadful cities.

In the midst of those patterned steps
they repeat names, the frozen edge of language:
Auschwitz, Dachau,
Treblinka.
"Work will make you free."

And in those names,
the trace,
the omen, the sign, the burning eyelid

y en esa huella una civilización erradicada
en el más perverso de los escándalos.

Aquí, en Yad Vashem
fíjense en el millón de huellas que vamos dejando,
en estas grutas de la muerte,
en estos jardines de la muerte.

Más que la paz,
aquí, en Yad Vashem
se exige, se deslumbra, se llama al recuerdo,
al gesto del recuerdo,
a la luz de la memoria
que es una sola voz.
Un solo caminar entre los alambres
las púas
el bosque de rosas claras.

Humilde se llega a Yad Vashem,
el silencio es un regocijo, una paz
una estrella,
el silencio es el de los abismos y los precipicios,
alguien enciende una llama,
alguien recoge una flor,
se dejan huellas, testamentos lúcidos
de la historia
alguien camina entre los escombros
y se escucha un lamento
una cadencia
huellas

and in that trace, a civilization was obliterated
in the most perverse manner possible.

Here in Yad Vashem
look at the million traces we have left behind
in these grottos of death,
in these gardens of death.

More than peace,
here in Yad Vashem
they demand, they burn for, they cry out for remembrance,
for acts of remembrance,
for the light of memory
that is one voice.
A solitary walk among the fences,
the barbed wire,
the forest of pale roses.

One comes to Yad Vashem in humility,
the silence is a rejoicing, peace
a star,
the stillness of the abyss and the precipice.
Someone lights a candle,
someone picks a flower,
they leave traces,
lucid testaments of history.
Someone walks among the rubble
and listens to a lament,
a cadence,
traces:

un nombre
un pueblo que gime
un pueblo
que ora
y resplandece

a name,
a people who lament,
a people
who pray
in splendor.

Imaginar un navío

Me detuve ante tus ojos:
leopardos centelleantes y
mudos
habitaban tus fábulas oscuras:

Imaginar un navío,
rigurosamente oscuro,
silencioso, dolido
como los pasos clandestinos
de los prófugos desdichados.

Imaginar el navío,
secreto, vigilante,
se aleja del puerto,
atrás, el destino de los muertos,
una Europa descompuesta.

Imaginar ese navío
y tan solo ese navío
como una melodía que se fuga
de la muerte oficial,
del castigo por el origen,
condenado por el nacimiento.

En ese navío,
que cruzará el mar de nadie,
los paisajes de la aterradora memoria,
van los judíos
descalzos, desnudos

Imagine a ship

I paused before your eyes:
bright yet speachless
leopards
inhabited your dark fables:

Imagine a ship,
austere and mysterious,
silent, suffering
like the furtive steps
of wretched fugitives.

Imagine the ship,
secret, vigilant,
slipping from the port,
leaving behind the fate of the dead,
leaving a diseased Europe.

Imagine that ship
and only that ship
like a melody fleeing
from decreed death:
a punishment for having roots,
a death sentence for being born.

In this ship
that will cross the nameless sea,
the scenes of horrific memory
are the Jews
barefoot, naked,

la única pertenencia es
la posibilidad de la vida
de ser la vida
de vivir la vida.

Van ellos
audaces,
cargan candelabros de siete velas
y la memoria de la dicha.

Imaginar el navío
que oculta a las mujeres pálidas y sonámbulas
vestidas con los trajes de la muerte,
soñando con el ámbar.

Larga es esta navegación
como un abismo sin nombre
como un puente que no cruza
orillas.
Ellos, los pasajeros, imaginan las idas
atrás queda Europa bárbara y húmeda
tras las lluvias y las cenizas.

Imaginar el navío
y un chal de estrellas
un cielo de ecos y nombres
por nombrarse.

De pronto
alguien dice:
Tierra
y es la tierra
leve caricia en el viento

their only posession
the possibility of life:
of being alive,
of staying alive.

They travel
bravely
carrying seven-branched candelabras
and the memory of more fortunate times.

Imagine the ship
where pale sleepwalking women,
clothed in the rags of death,
dream of amber.

The voyage seems eternal
as if crossing some nameless abyss,
like a bridge that does not reach
any shore.
These passengers imagine setting out
leaving barbarous Europe behind, humid
with rain and ashes.

Imagine the ship
and a shroud of stars
a sky full of echoes and names
yet to be named.

Suddenly
someone calls out
Land
and it *is* land,
a soft caress of the wind

juego de azar
lengua de un dios
ahora presente.

Santo Domingo,
Hispaniola
Colón y Juan de Torres.
Los judíos de antaño,
los judíos de Sefarad,
los judíos soñando con el mar
en sus atuendos de navegantes,
rescatan.

Como una palma abierta
la tierra
se abre
recibe
parpadea
ellos y ellas
todos
hunden sigilosamente los pies en la arena
y el placer es diurno y nocturno
y el placer es un diáfano deseo
alguien sueña ahora
con la vida
mira al cielo
canta.

Imaginar el navío
en este sábado de arribos dichosos
el viento murmura las sílabas de los
antepasados
las abuelas regresan con Jala tras las alambradas

a game of chance
the tongue of a god
suddenly present.

Santo Domingo,
Hispaniola,
Columbus and Juan de Torres.
Redeemed
by the Jews of old,
the Jews of Sefarad,
the Jews dreaming the sea
in their sailor's gear.

Like an open palm
the land
spreads out
to receive them,
the blinking men and women.
Everyone
reverently sinks their feet into the sand
and the pleasure is morning and night
and the pleasure is a pure wish.
Someone dreams now
of life,
looks to the sky,
sings.

Imagine the ship
on this Sabbath of glorious arrivals.
The wind whispers the soft syllables
of our ancestors,
grandmothers bringing challa from behind barbed wire.

Imaginar este navío
1940
los judíos han llegado
a tierra
se reconocen
y abrazan
sus orígenes
el derecho a la vida
entre las claras aguas
sus corazones
cámaras que sobrevivieron y esperaron

Imaginar un navío
como una casa que flota en la luz.

Imagine that ship
in 1940
as the Jews step
ashore:
they recognize each other
embrace their origins,
their right to live
amid clear waters.
Their hearts are
chambers where they survived
and hoped.

Imagine a ship
like a house floating in light.

José

Para mi hijo, Joseph Wiggins,
en honor a su Bar Mitzva,
9 Deciembre 2001

Llegas a este día
luminoso y tranquilo
todo vestido de historias
antiguas
te pareces a un niño mago
contemplando el prodigio de tu pueblo.

Sobre tus hombros
trozos de un cielo claro
el talit de tu abuelo José
un talit viajado y milagroso
como la historia de tu pueblo
historia osada y memoriosa.

Hijo amado,
pequeño como las joyas
más diminutas,
grandioso como la historia de un pueblo tenaz,
en este día tan tuyo
venimos de cerca y de lejos
a reconocerte,
como antes lo hacían los viajeros en el desierto.

Te reconocemos en la gloria
de tu esfuerzo,
en la humildad de tu inocencia,

Joseph

To my son, Joseph Wiggins,
in honor of his Bar Mitzva,
December 9, 2001

You enter this day
luminous and peaceful,
all dressed in ancient
histories
you resemble a child magician
contemplating the marvels of your people.

On your shoulders,
fragments of clear sky,
the *talit* of your grandfather Joseph,
a well-traveled and miraculous *talit*
like the covenant of your people
daring and memorable.

Beloved son,
small like the tiniest
of jewels,
great like the stories of a steadfast people.
In this, your day,
we come from near and far
to recognize you
as the travelers in the desert did before us.

We recognize you in the glory
of your effort,
in the humility of your innocence,

en el coraje de tu vulnerabilidad,
en la paz de tus estudios
y en la sabiduría que comienza a desplegarse
frente a ti
hoy y siempre.

En este día sagrado
te hermanas con un pueblo
y su siempre viva memoria.

Llevas el nombre de tu bisabuelo Joseph,
quien rescató a sus hermanos y madre de una Europa
taciturna y en llamas.
Llevas el nombre de Joseph, el soñador de sueños,
tejedor de hilos dorados.
Y el de tu abuelo Moisés,
hombre digno y silencioso.

Y en todos estos nombres,
José, te encuentras y floreces.
Son los nombres que han hecho del judaísmo
una memoria viva
un compromiso vivo
un manantial vivo.

Porque ser judío es:
ser un hombre bueno
remendar el mundo
Tikun Olam
cuidar a los vecinos
amar a los extraños
honrar a los muertos

in the courage of your vulnerability
in the peace of your studies
in the wisdom that begins to unfold
before you
today and always.

On this sacred day
you join with a people
and its living memory.

You carry the name of your great-grandfather Joseph
who rescued his brothers and mother from a Europe
melancholy and in flames.
You carry the name Joseph, dreamer of dreams,
weaver of golden threads,
and of your grandfather Moses,
a dignified and silent man.

And in these names,
Joseph, you find yourself and bloom.
These are the names of those who have made
Judaism a living memory
a living commitment
a living fountain.

Because to be Jewish is:
to be a good man
to mend the world,
Tikum Olam,
to take care of the neighbors
to love the foreigners
to honor the dead

y escuchar el leve paso de los ángeles
como si fueran las luciérnagas de la noche.

En este día tuyo y nuestro
te inicias en el sendero de los comienzos,
y asombrado reconoces
lo que es la verdad,
y rechazas las palabras intrascendentes.
Eliges estar entre los vulnerables,
los olvidados,
aquellos que precisan una palabra de aliento,
una oración transparente.
Este es el significado de ser judío,
un hombre de la Tora.

Joseph es tu nombre
un fuego perpetuo de ilusiones,
la escala de Jacobo
poblada de ángeles que suben y bajan.
santificando todos los lugares de la tierra
y el cielo.

En este día recibes en tus manos y en tu alma
la Tora
con la humildad del sabio
con la fe del que contempla
con la paz de un hombre que sabe amar.

Entiendes tu herencia
el destino de tus orígenes
un pueblo condenado al exilio y al exterminio
un pueblo destinado a enseñar a los otros

and listen to the gentle passing of angels
as if they were fireflies in the night.

On this day, yours and ours
you start upon the path of beginnings,
amazed you recognize
what truth is
and you reject inconsequential words.
You choose to be among the vulnerable,
the forgotten,
those who need a word of encouragement
a transparent prayer.
This is the meaning of being Jewish,
to be a man of the Torah.

Joseph is your name
a perpetual fire of hope:
Jacob's ladder
populated with angels ascending and descending
sanctifying everything on the earth
and in heaven.

This day you receive in your hands and into your soul
the Torah
with the humility of the wise,
with the faith of one who contemplates,
with the peace of a man who knows how to love.

You understand your heritage
the destiny of your origins
a people condemned to exile and extermination
a people destined to teach others

un faro en el paraíso que es esta tierra
desconocida y severa.

Que la fe y la inocencia te acompañen
que la justicia sea tu verdadero compás
que vivas entre los ángeles
mensajeros de Dios sobre la tierra.
Que tu mirada vaya mas allá de todo los posibles horizontes

En este día entras en una alianza perpetua
con un pueblo que comparte tu historia
pero, más que nada, con tu conciencia.

José, hijo pequeño y grande,
bendecimos tu presencia
ahora que has recibido el regalo de la Tora y su historia.
Que seas feliz
junto a los que amas y que te aman,
junto a la historia de un pueblo que canta mientras reza,
que tu voz sea un refugio para los desposeídos,
que tu voz sea siempre un coro de ángeles.

a beacon in the paradise that is this world,
mysterious and harsh.

May faith and innocence be with you
may justice be your true compass
may you live among the angels
messengers of God over the earth.
May your gaze reach beyond all possible horizons.

In this day you enter in a perpetual alliance
with a people that shares your history
but, above all, with your consciousness.

Joseph, small and great son,
we bless your presence now,
having received the gift of the Torah and your history.
May you be happy:
close to those who love you and whom you love,
clos to the history of a people that sings while it prays,
may your voice be a refuge to the dispossessed,
may your voice be always a chorus of angels.

Acknowledgments

The enchantment and passion of poetry requires the constant companionship of communities of both visible and invisible readers. I thank them all, and acknowledge their fundamental place in this pursuit. My special thanks to the dear friends who read the manuscript of El ángel de la memoria: Briggite Goldstein, Celeste Cooperman, Paul Nakazawa, Mike Parola, Hush Hinton, and of course, Elizbeth Horan.

My deepest gratitude to editor, friend and fellow poet, Bryce Milligan, whose dedication to poetry and poets is a perpetual love. I am grateful too for the spirited presence of Brigid A. Milligan in my life, and thank her for her insightful work on the translation of this book. Also, I thank Laura Rocha Nakazawa, whose friendship and commitment made it possible for this book to have a voice.

As always, a special thanks to my family. They have allowed me to be a poet, to remain a poet. Finally, I thank my mother, Frida Agosín, who went with me to Vienna to search for Helena Broder, and helped me to find her.

About the author:

M arjorie Agosín is a poet, fiction writer, memoirist, anthologist, professor and human rights activist. A descendant of European Jews who escaped the Holocaust and settled in Chile in 1939, she was born in Bethesda, Maryland, and raised in Santiago, Chile. The family settled in Athens, Georgia, after fleeing the madness which pervaded Chile under Pinochet's violent rise to power. Agosín earned her Ph.D. from Indiana University. A dedicated human rights activist, Agosín is a recipient of the Jeanetta Rankin Award in Human Rights, the Good Neighbor Award from the Conference of Christians and Jews, the Girl Scouts Leading Women of 2000 Award, and the United Nations Leadership Award on Human Rights. Almost all of her works reflect her concern for the abuse of human rights.

Agosín's numerous literary awards include the Letras de Oro Prize, the Latina Literature Prize, and the Gabriela Mistral Medal of Honor for Lifetime Achievement. Agosín's poetry includes *Conchalí* (1981), *Brujas y algo más/Witches and Other Things* (1984), *Women of Smoke* (1988), *Zones of Pain* (1988), *Hogueras/Bonfires* (1990), *Sargasso* (1993), *Toward the Splendid City* (1994), and *Lluvia en el desierto/Rain in the Desert* (1999). Agosín's collection of prose poems, *Circles of Madness: Mothers of the Plaza de Mayo* (1992), was illustrated with photographs of the mothers of the disappeared and other grim scenes from Argentina.

For the past decade, Agosín has concentrated on a series of critically acclaimed memoirs of her family. *La Felicidad*, first published in Santiago, was her first prose collection to be published in English. Translated as *Happiness* (1994), it could easily qualify as "magical realism," but Agosín's work goes beyond that shop-worn term. As Elena Poniatowska wrote, "Marjorie Agosín could well be the creator of a new fantastic literature in Latin America." *A Cross and a Star: Memoirs of a Jewish Girl in Chile* (1995) focused on the life of Agosín's mother in the small town of Osorno, Chile, under a generally unknown Nazi regime. This was followed by *Always from Somewhere Else: A Memoir of My Chilean Jewish Father* (1998). She has also written an autobiography, *The Alphabet in My Hands: A Writing Life* (2000).

Agosín is also the editor of *A Dream of Light & Shadow: Portraits of Latin American Women Writers* (1995), *Tapestries of Hope, Threads of Love: The Arpillera Movement in Chile, 1974-1994* (1996), *The House of Memory: Jewish Stories for Jewish Women of Latin America* (1999), and *A Map of Hope: Women Writers and Human Rights* (1999).

Agosín has been a Professor of Spanish at Wellesley College for twenty years, where she is adored by her students

188

About the translators:

Laura Rocha Nakazawa is a native of Montevideo, Uruguay. She lives in Wellesley, Massachusetts, with her husband and three daughters, where she works as a Spanish translator and interpreter. *The Angel of Memory* represents her first publication in the field of literary translation. She wishes to thank Marjorie Agosín for her faith and encouragement and Bryce Milligan for his careful editing of the final manuscript.

A native of San Antonio, Texas, Brigid Aileen Milligan is an award-winning poet whose first book, *Mi'ja, Never Lend Your Mop,* was a finalist for the Tomás Rivera Prize. A National Hispanic Scholar, she is a student at Wellesley College. She has conducted research on the life of labor leader Emma Tenayuca and worked as the director's assistant for the NEH summer teachers' institute, "Derrumbando las Fronteras/Breaking Boundaries: Integration of Mexican American and Latino Literature in the Classroom."

About the translation editor:

Bryce Milligan was for several years the director of the literature program of the Guadalupe Cultural Arts Center, where he founded events like the Inter-American Bookfair & Literary Festival and the Hijas del Quinto Sol Conference on Latina Literature and Identity. He is the primary editor of several anthologies of Latina writing, including *Daughters of the Fifth Sun* (Riverhead, 1995) and *¡Floricanto Sí! – A Collection of Latina Poetry* (Penguin, 1998). The publisher/editor of Wings Press, Milligan currently directs the creative writing program of the North East School of the Arts in San Antonio, Texas. Milligan would like to thank Angela De Hoyos, as always, for her kind expertise.

Colophon

One thousand copies of the first edition of *El ángel de la memoria / The Angel of Memory*, by Marjorie Agosín, have been printed on 70 pound natural linen paper, containing fifty percent recycled fiber, by Williams Printing & Graphics of San Antonio, Texas. Text and titles were set in a contemporary version of Classic Bodoni. The font was originally designed by 18th century Italian punchcutter and typographer, Giambattista Bodoni, press director for the Duke of Parma.

The first fifty copies of *El ángel de la memoria / The Angel of Memory* have been specially bound, and were numbered and signed by the author. This book was entirely designed and produced by Bryce Milligan, publisher, Wings Press.

Wings Press was founded in 1975 by J. Whitebird and Joseph F. Lomax as "an informal association of artists and cultural mythologists dedicated to the preservation of the literature of the nation of Texas." The publisher/editor since 1995, Bryce Milligan is honored to carry on and expand that mission to include the finest in American writing.

Recent and forthcoming titles from Wings Press

Way of Whiteness by Wendy Barker (2000)

Hook & Bloodline by Chip Dameron (2000)

Splintered Silences by Greta de León (2000)

Secret Acts of Faith by María Espinosa (Spring 2002)

Street of the Seven Angels by John Howard Griffin (Fall 2001)

Winter Poems from Eagle Pond by Donald Hall (1999)

Initiations in the Abyss by Jim Harter (Fall 2001)

Strong Box Heart by Sheila Sánchez Hatch (2000)

Fishlight: A Dream of Childhood by Cecile Pineda (Fall 2001)

The Love Queen of the Amazon by Cecile Pineda (Fall 2001)

Mama Yetta and Other Poems by Hermine Pinson (1999)

Smolt by Nicole Pollentier (1999)

Garabato Poems by Virgil Suárez (1999)

Sonnets and Salsa by Carmen Tafolla (Fall 2001)

The Laughter of Doves by Frances Marie Treviño (Fall 2001)

Finding Peaches in the Desert by Pam Uschuk (2000)

The One-Legged Dancer by Pam Uschuk (Spring 2002)

Vida by Alma Luz Villanueva (Fall 2001)